CW00819316

РАНЕЕ ВЫШЛИ:

ДНЕВНИК
СЛАБАКА
ГЛОБАЛЬНОЕ ПОТЕПЛЕНИЕ

Джефф Кинни

Издательство АСT

Москва

УДК 82-311.2
ББК 84(7Сое)
К41

JEFF KINNEY
DIARY OF A WIMPY KID
THE MELTDOWN

Кинни, Джефф.

К41   Дневник слабака. Глобальное потепление : [повесть] / Джефф Кинни; пер. с англ. Ю. Карпухиной. — Москва: Издательство АСТ, 2022. — 224 с.

ISBN 978-5-17-123567-3

В жизни Грега Хэффли немало проблем, и изменение климата – одна из них. То внезапная оттепель посреди зимы сбивает с толку, то резкое похолодание в начале весенних каникул рушит все планы. В марте улицы засыпало снегом, и жители города устроили эпические снежные битвы. Только Грегу и Роули совсем не весело: ведь для того, чтобы не пропасть в это трудное время, нужно приложить усилия! Друзья заключают дружеские союзы с хулиганами, налаживают отношения с соседями, справляются с чередой предательств и измен... Станут ли они победителями в этой игре на выживание?

УДК 82-311.2
ББК 84(7Сое)

Литературно-художественное издание
Для среднего и старшего школьного возраста

ДНЕВНИК СЛАБАКА
Глобальное потепление

Заведующий редакцией Сергей Тишков, ведущий редактор Ксения Кудакова технический редактор Наталья Чернышева, корректор Анна Будаева верстка Юлии Анищенко, младший редактор Анастасия Жукова

Подписано в печать 07.12.2021. Формат 60x84/16.
Гарнитура «ALS Dereza». Печать офсетная. Усл. печ. л. 13,07.
Доп. тираж 3000 экз. Заказ № 11990.

ООО «Издательство АСТ»
129085, Москва, Звездный бульвар, д. 21, стр. 1, к. 39
Наш электронный адрес: www.ast.ru
E-mail: ask@ast.ru

Отпечатано с готовых файлов заказчика
в АО «Первая Образцовая типография»,
филиал «УЛЬЯНОВСКИЙ ДОМ ПЕЧАТИ»
432980, Россия, г. Ульяновск, ул. Гончарова, 14

ПОСВЯЩАЕТСЯ ДЕБ

ЯНВАРЬ

Понедельник

Сегодня все, кто живёт в моём квартале, гуляют на улице, наслаждаясь тёплой погодой и солнышком. Все, кроме МЕНЯ. Очень непросто наслаждаться жарой в самый разгар ЗИМЫ!

Люди говорят, что погода стала «непредсказуемой», а я думаю, она стала просто неправильной. Может, я старомоден, но я считаю, что морозы должны быть зимой, а жара — ЛЕТОМ.

Я слышал, что на ПЛАНЕТЕ началось потепление и виноваты в этом люди. Только не обвиняйте МЕНЯ; я здесь НЕДАВНО.

Если в мире действительно НАЧАЛОСЬ потепление, надеюсь, оно не будет происходить слишком БЫСТРО. Ведь если всё будет развиваться ТАКИМИ темпами, то в старших классах я буду ездить в школу на верблюде.

Говорят, что айсберги тают и в море поднимается вода, — вот почему я пытаюсь убедить родителей купить новый дом на нашем холме, повыше. Но, судя по всему, их это совсем не волнует.

Я переживаю, что из всей нашей семьи это беспокоит только меня. Ведь если СЕЙЧАС мы ничего не предпримем, то потом будем об этом ЖАЛЕТЬ.

Я нервничаю не только из-за того, что в море поднимается уровень воды. Все эти айсберги существуют миллионы лет, и в них могут скрываться такие существа, которым лучше ОСТАВАТЬСЯ там, где они есть.

Я видел фильм о пещерном человеке, который вмёрз в лёд. Когда через несколько тысяч лет лёд растаял, он был всё ещё ЖИВ. Я не знаю, может ли такое случиться в реальной жизни, но если размороженные пещерные люди СУЩЕСТВУЮТ и спокойно разгуливают вокруг, то ночной уборщик из нашей школы, скорее всего, один из них.

ПЛЮХ

Если мы НАЙДЁМ способ, как выбраться из этой климатической неразберихи, то, наверное, его придумает кто-нибудь из МОЕГО поколения. Вот почему я никогда не обижаю УМНЫХ ребят: ведь ИМ придётся спасать наши задницы.

ЗУБРИЛА!

БРЫК

Что бы они там ни придумали, главную роль всё равно сыграют ТЕХНОЛОГИИ — вот увидите.

Взрослые всё время твердят, что, когда технологий слишком много, это ВРЕДИТ детям, а я говорю: чем больше, тем ЛУЧШЕ.

Как только я смогу позволить себе один из этих высокотехнологичных унитазов, которые запоминают все твои привычки, я куплю себе самую дорогую модель.

Некоторые опасаются, что когда-нибудь мы потеряем контроль над технологиями и власть ЗАХВАТЯТ роботы.

Что ж... если это случится, я сделаю всё, чтобы оказаться на ИХ стороне.

Вообще-то я уже начал ГОТОВИТЬСЯ к тому времени, когда роботы придут к власти: я подлизываюсь ко всем бытовым приборам, какие есть у нас в доме.

Когда начнётся война между гигантскими роботами и людьми, я скажу себе спасибо за то, что заранее обо всём подумал.

Мой брат Родрик говорит, что в будущем у людей будут такие же части тела, как у роботов, и все мы станем КИБОРГАМИ.

Что ж, очень надеюсь, что ждать осталось недолго: ведь если у меня появится возможность купить себе ноги робота, то по утрам я смогу спать лишних полчасика.

Я думаю, никто из нас на самом деле не знает, что ждёт нас в будущем. И если из-за этого волноваться, то можно СОЙТИ С УМА.

Даже если мы решим все проблемы, какие есть у нас сейчас, появятся НОВЫЕ, и нам придётся решать ИХ.

Я читал, что именно это и случилось с ДИНОЗАВРА-МИ. Они жили припеваючи несколько миллионов лет, а потом прилетел астероид и стёр их с лица земли.

Самое невероятное, что тараканы тогда тоже были, но ОНИ каким-то образом выжили. Скорее всего, тарака-ны останутся и после того, как исчезнем мы. Лично я считаю, что тараканы отвратительны. Но от них, видимо, есть КАКАЯ-ТО польза.

ШЛЁП

Кстати, о ВЫЖИВАНИИ. В настоящий момент я пытаюсь выжить в средней школе. Правда, в последнее время у меня это плохо получается.

Несмотря на то что на улице потеплело, термостат, который установлен у нас в школе, продолжает думать, что на дворе ЗИМА. Отопление работает целый день на полную мощь, и во время урока трудно сосредоточиться.

В СТОЛОВОЙ дела обстоят ещё хуже: ведь там нет окон, которые можно было бы открыть, чтобы подышать свежим воздухом.

От жары у меня плавится мозг, и я забываю, когда нужно сдавать домашние задания. Сегодня я забыл об одном очень ВАЖНОМ задании: о страноведческом проекте для международной выставки.

В ноябре каждый из нас должен был выбрать страну, по которой хотел бы сделать доклад. Я выбрал Италию, потому что ОБОЖАЮ пиццу.

Но Италия была нарасхват, и нашей учительнице по обществоведению пришлось бросить жребий, чтобы решить, кому достанется эта страна. Выбор пал на Дэнниса Трэктона, но это было несправедливо: ведь он не переносит лактозу и даже сыр есть не может.

Мне досталась Мальта. Я даже не знал, что Мальта — это страна.

В общем, это было два месяца назад, и о страноведческом проекте я вспомнил только СЕГОДНЯ. И то вспомнил лишь когда увидел, что в школе все ходят в какой-то странной одежде.

Я мог бы догадаться, что сегодня у нас международная выставка, когда за мной зашёл мой друг Роули, одетый как не пойми кто. Но Роули ВЕЧНО придуривается, поэтому я не придал этому особого значения.

В классе я бросил взгляд на проект Роули, чтобы понять, как много занимает времени такая работа, и у меня началась паника.

Судя по всему, он угрохал на проект УЙМУ времени, и ему явно помогали родители. Роули, конечно, БЫВАЛ в стране, которая ему досталась, и ему, понятное дело, было намного ПРОЩЕ.

Я сказал Роули, что он мой друг и поэтому должен поменяться со мной странами, но он оказался эгоистом и отказался. Это значило, что я мог рассчитывать только на себя и что у меня было всего несколько часов, чтобы с НУЛЯ сделать весь проект. И я понятия не имел, ГДЕ взять трёхстраничный буклет, когда времени в обрез.

В этот самый момент я вспомнил, что трёхстраничный буклет лежит в моём ШКАФЧИКЕ. Я припомнил, что принялся за проект ещё в ноябре, на следующий день после того, как получил задание, чтобы побыстрее покончить с ним. Но когда я нашёл в шкафчике проект, выяснилось, что я тогда НЕДАЛЕКО продвинулся, и это страшно меня расстроило.

	ЗАГАДОЧНАЯ **МАЛЬ**	

Баллы за этот проект составляли 50% от общей оценки по обществоведению, поэтому я был в отчаянии. Я обратился за помощью к ОДНОКЛАССНИКАМ, но ЭТО только лишний раз напомнило мне, что нужно завести более умных друзей.

На перемене я остался в классе работать над проектом. У меня не было времени идти в библиотеку, чтобы изучить вопрос, поэтому многие вещи я писал НАУГАД. Единственное, в чём я был уверен, — это что Мальта находится рядом с Россией, а вот насчёт всего ОСТАЛЬНОГО я сомневался.

РАСПОЛОЖЕНИЕ	ЗАГАДОЧНАЯ **МАЛЬТА**	**МАЛЬТА** ФАКТЫ
ГДЕ-ТО РЯДОМ С РОССИЕЙ	М КЛИМАТ	☑ В «Мальте» столько же букв, сколько в слове «ириска»
ТРАНСПОРТ	ВАЛЮТА	☑ Ни один из президентов США не родился на Мальте

После того как я заполнил свой трёхстраничный буклет, я занялся ДРУГИМИ делами.

В день международной выставки мы должны носить «традиционные костюмы», поэтому по пути в столовую я подошёл к коробке с потерянными вещами, которая стоит напротив кабинета директора, и кое-что оттуда выбрал.

К счастью, в коробке было несколько приличных вещей, и я придумал себе наряд, который смотрелся очень убедительно.

Ещё все должны были принести какое-нибудь традиционное БЛЮДО. В столовой я купил столько разной еды, на сколько хватило денег, и кое-что сварганил — такое блюдо, наверно, могут есть в другой стране.

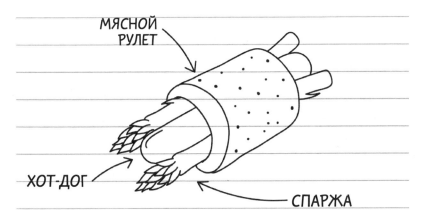

МЯСНОЙ РУЛЕТ

ХОТ-ДОГ

СПАРЖА

Международная выставка должна была начаться на последнем уроке. Когда я установил в спортзале свой проект, у меня поднялось настроение. Плохо только, что мне не дали страну, где носят более лёгкую одежду; ведь отопление продолжало работать во всю мощь.

Жара плохо действовала на НЕКОТОРЫХ ребят, и обстановка начала накаляться. В один прекрасный момент между Бразилией и Болгарией началась борьба за место на столе — пришлось вмешаться учительнице.

Дети из начальных классов пришли посмотреть наши проекты и задать вопросы. Был лишь один способ их спровадить — сделать вид, что я говорю только по-мальтийски.

Потом начали появляться РОДИТЕЛИ. К счастью, МОИ родители не смогли прийти: папа был на работе, а мама — в своём колледже. Но у одного парня из моего класса родители действительно родились НА Мальте — МНЕ крупно не повезло.

Я испугался, что они настучат на меня учительнице, и решил смыться. Но тут кое-что произошло, и я соскочил с крючка.

Конфликт, который случился между Бразилией и Болгарией, вспыхнул с новой силой и охватил страны на буквы В и Г. Вскоре в СПОРТЗАЛЕ началась настоящая война.

К счастью, прозвенел звонок, и учеников отпустили, прежде чем они успели нанести друг другу тяжёлые увечья. Вся эта ситуация не вселяет никакой надежды на то, что в мире может когда-нибудь наступить мир.

<u>Вторник</u>

Я ДУМАЛ, что с проектом покончено, но я ошибался. Учительница по обществоведению отправила родителям записку, в которой говорилось, что я должен сделать проект для международной выставки ЕЩЁ РАЗ.

Мама сказала, что, пока я не сделаю проект, она запрещает мне смотреть телевизор и играть в видео-игры. Я мог бы разделаться с проектом к субботе, но толку от этого всё равно никакого. Ведь мама устраивает нам с братьями «выходные без экранов».

Мама считает, что мы, дети, слишком зависимы от гаджетов и они являются причиной нашего плохого поведения. Поэтому она начала проводить новую поли-тику, которая запрещает нам пользоваться гаджетами в субботу и воскресенье, и нам приходится искать другие способы развлечься.

Фиговее всего то, что, если в выходные маме удаётся застукать нас, когда мы ведём себя ХОРОШО, для неё это является ДОКАЗАТЕЛЬСТВОМ, что выходные без экранов идут нам на пользу.

Поэтому в последнее время мы с Родриком стараемся не забывать, что в субботу и воскресенье нужно вести себя ПЛОХО, чтобы мама не думала, что её политика «никаких гаджетов» работает. МЭННИ нас поддерживает; наверно, потому, что ему нравится повторять за старшими братьями.

Мама говорит, что современные дети не умеют взаимодействовать из-за того, не отрываются от экранов. Она пытается научить нас с Родриком «навыкам общения».

Одна из вещей, которую мама всё время заставляет меня делать, — это смотреть ей в глаза, когда я разговариваю с ней. Я могу выдержать только ПАРУ СЕКУНД, а потом мне становится не по себе.

Недавно мама начала настаивать на том, чтобы я пожимал папе руку. Но мы ОБА чувствуем себя при этом неловко.

Мама хочет, чтобы я стал более «общительным» и подружился ещё с кем-нибудь из нашего квартала. Но у меня уже есть друг РОУЛИ, и пока что мне его вполне хватает.

На нашей улице живёт куча ребят, но ни одного из них я не представляю своим другом. Я УЖЕ сделал исключение для Роули, остальные варианты гораздо хуже.

Наш дом стоит посередине Суррей-стрит, а дом Роули — почти в самом начале. Даже ходить к НЕМУ в гости иногда бывает непросто: ведь нужно пройти мимо дома ФРИГЛИ. А в девяти случаях из десяти Фригли торчит на лужайке перед домом.

Напротив Фригли живёт Джейкоб Хофф. Он почти никогда не выходит из дома, потому что родители заставляют его упражняться в игре на кларнете целыми днями. Ближайшие соседи Джейкоба — Эрнесто Гутьеррес и Габриэль Джонс, они учатся со мной в одном классе.

Эрнесто и Габриэль — неплохие ребята, но у них у ОБОИХ неприятный запах изо рта, поэтому они прекрасно подходят друг другу.

Через два дома от меня живёт Дэвид Марш, он серьёзно увлекается карате. У него есть лучший друг — Джозеф О'Рурк, который всё время умудряется делать что-то такое, от чего получает травмы.

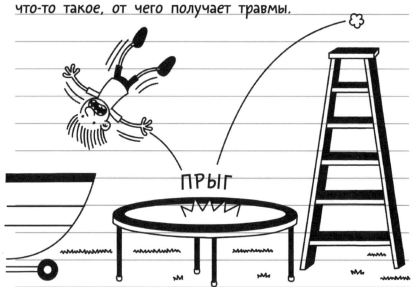

ПРЫГ

Рядом с Джозефом живёт Митчелл Пикетт, который зарабатывает сумасшедшие деньги, продавая зимой готовые снежки. Помяните моё слово, когда-нибудь этот парень станет МИЛЛИОНЕРОМ.

Парень, что живёт по соседству с Митчеллом, на год младше меня, и все зовут его Бац-и-Шишка. Народ обходит его стороной, потому что два его старших брата сидят в тюрьме.

Ещё в округе живёт парень, которого зовут Первис Джентри. У него есть дом на дереве, на заднем дворе. Летом он распутывает преступления, которые совершаются в нашем квартале. Преступником почти всегда оказывается Бац-и-Шишка.

Почти в самом конце улицы расположен двухквартир-ный дом, там живут две семьи, которые ТЕРПЕТЬ НЕ МОГУТ друг друга.

Я никак не могу запомнить детей из этого дома, но знаю, что одного из них зовут Джино: у него на руке татуировка, хотя ему только семь лет.

Ещё есть парень, который живёт вместе с бабушкой через несколько домов от меня. Его имя Гибсон.

Все зовут его Малыш Гибсон, потому что он не меняется и не становится СТАРШЕ с годами. Насколько я знаю, Малышу Гибсону тридцать два года и у него есть СВОИ дети.

Ещё на нашей улице есть детский клуб, он собирается два раза в неделю у миссис Хименес. Я не знаю, какие дети — ЕЁ, а какие — её ПРИЯТЕЛЬНИЦ. Зато я ЗНАЮ, что эти дети совершенно неуправляемы, но их мамашам на это наплевать.

На нашей улице есть ребята и постарше. Энтони Денард учится в старшей школе, он недавно начал бриться. Но заигрался с лезвием и нечаянно сбрил себе одну бровь.

Тогда Энтони нарисовал бровь коричневым маркером, но получилось не очень, и теперь половина его лица кажется вечно удивлённой.

У Энтони есть лучший друг — Шелдон Рейс. Когда зимой выпал первый снег, он пытался заработать денег, расчищая дорожки соседей.

Но у Шелдона ещё нет водительских прав, и он успел нанести нашему кварталу серьёзный ущерб, прежде чем отец парня обнаружил, что Шелдон взял его грузовик.

Через несколько домов от меня живут близнецы по фамилии Гарза — Джереми и Джеймсон. Когда они были совсем маленькие, они изобрели свой собственный язык. И теперь, если они болтают между собой, никто не может понять, о чём они говорят.

Ещё на моей улице живёт куча ДЕВЧОНОК, но они ничем не лучше ПАРНЕЙ.

Напротив Роули живут сёстры Марли, их пять штук, они родились с разницей в несколько лет. Я не знаю, в чём там дело, но эти девчонки время от времени кидаются на людей, которые заходят к ним во двор.

Через несколько домов от сестёр Марли живёт Эмилия Гринвол. Эмилия одевается как принцесса и, как мне кажется, смотрит слишком много диснеевских фильмов.

В одноэтажном здании, которое стоит напротив двухквартирного дома, живёт Латрисия Хукс. Рост этой школьницы — сто восемьдесят семь сантиметров. Родрик никогда не ПРИБЛИЖАЕТСЯ к Латрисии, потому что она лупила его, когда ему было столько лет, сколько сейчас МНЕ.

Сестра Латрисии, Виктория, по какой-то непонятной причине влюблена в Эрнесто Гутьерреса, а лучшая подруга Виктории, Эвелин Тримбл, одевается как вампир.

Честно говоря, я думаю, что Эвелин ДЕЙСТВИТЕЛЬНО считает себя вампиром. Это одна из причин, почему я рад, что больше не езжу на автобусе.

Я не рассказал вам и о ПОЛОВИНЕ ребят, которые живут на нашем холме. Но если я пойду по всему списку, то НИКОГДА не закончу.

Мама всё время спрашивает меня, почему бы мне не подружиться с детьми, которые живут ПОД холмом, хотя я уже миллион раз объяснял ей, что этого никогда не БУДЕТ.

Суррей-стрит разделена на две части. Есть ВЕРХНЯЯ Суррей-стрит, которая находится на холме, и НИЖНЯЯ Суррей-стрит, ровная улица, которая начинается под холмом.

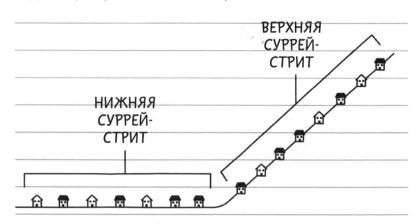

Несмотря на то что все мы живём на одной улице, ребята, которые живут на холме, и ребята, которые живут под холмом, ТЕРПЕТЬ НЕ МОГУТ друг друга.

Жить на холме — то ещё удовольствие. Во-первых, отсюда далеко до школы, а преодолевать последний отрезок пути в конце дня — это вам не шутки. ОСОБЕННО когда на улице стоит такая жарища, как сейчас.

Хуже всего то, что тем, кто живёт на холме, почти нечем ЗАНЯТЬСЯ. Если тебе захотелось поиграть в мячик, то можешь об этом забыть.

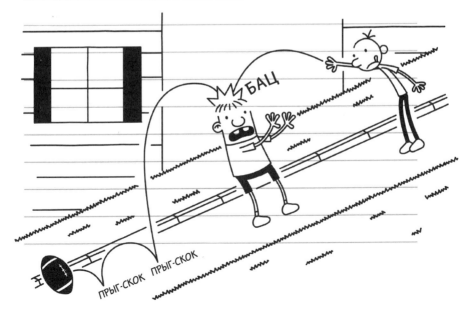

Ребятам, которые живут ПОД холмом, ПОВЕЗЛО. У них РОВНАЯ часть улицы, и они могут делать на ней что хотят. Вот почему спортсменами становятся только ребята с НИЖНЕЙ Суррей-стрит.

Проблема в том, что ребята, которые живут под холмом, думают, что их часть улицы ПРИНАДЛЕЖИТ только им. И если кто-нибудь из нас, ребят с холма, спускается вниз ПОИГРАТЬ, ребята с Нижней Суррей-стрит нас не ПУСКАЮТ.

ВЖИХ

ТЫНЦ

Я потратил целых четыре года, чтобы научиться кататься на велике, а всё потому, что мне приходилось делать это урывками, по пять секунд.

Но когда выпадает СНЕГ, всё меняется. Ребятам с Нижней Суррей-стрит хочется покататься с нашего холма НА САНКАХ, и тогда мы поступаем с ними так же, как они поступали с нами.

Мы стараемся не пускать ребят с Нижней Суррей-стрит на вершину холма. Но они очень ХИТРЫЕ, и иногда им удаётся проскользнуть мимо нас.

Прошлой зимой компания ребят с Нижней Суррей-стрит купила точно такую же зимнюю одежду, как у нас, ребят с холма, — мы спохватились только через несколько НЕДЕЛЬ.

Если ты живёшь на Суррей-стрит, ты либо с теми, кто НА холме, либо с теми, кто ПОД холмом, — сторону менять нельзя.

Один парень, которого зовут Тревор Никс, жил на холме, но прошлым летом его семья переехала в дом побольше, на другой конец улицы.

Для тамошних ребят Тревор до сих пор остаётся парнем с ХОЛМА, и они не берут его играть, прогоняя с улицы. А мы, ребята с холма, считаем Тревора предателем, потому что он переехал, и не разрешаем ему кататься на санках зимой. Теперь Тревор практически круглый год сидит дома.

Между Верхней Суррей-стрит и Нижней Суррей-стрит идёт самая настоящая война, вот почему мы не можем дружить. Но когда я пытаюсь объяснить ситуацию маме, она никак не хочет этого понять.

И НИКТО из мам с нашей улицы не хочет. Они все дружат и даже не ПОДОЗРЕВАЮТ, что В ДЕЙСТВИ-ТЕЛЬНОСТИ происходит.

Правда, в последнее время на нашей улице затишье. Мы, ребята с холма, остаёмся на СВОЕЙ стороне улицы, а те ребята — на СВОЕЙ. Но если кто-нибудь совершит какую-нибудь глупость, то ситуация ВЗОРВЁТСЯ.

Воскресенье

В выходные температура упала на пятнадцать градусов, и сегодня мы всей семьёй отправились на улицу искать нашего поросёнка.

На рождественские каникулы мы уехали отдыхать, а поросёнка оставили в питомнике. Поросёнок, видимо, считал, что должен был поехать ВМЕСТЕ с нами, и не слишком обрадовался тому, что его не взяли.

Когда мы вернулись ДОМОЙ, поросёнок начал демонстрировать нам, что он думает по поводу того, что мы уехали отдыхать без него.

Поросёнок безобразничал несколько дней, пока папе это не надоело и он не отправил его в «школу послушания». Но на следующее утро нам позвонила дама, которая руководила этой школой, и сказала, что наш поросёнок СБЕЖАЛ.

С тех пор мы расклеиваем объявления с просьбой помочь нам найти пропавшего поросёнка. Но эта хрюшка очень УМНАЯ, и я подозреваю, что она не ПРОПАЛА. Она просто не хочет ОБЪЯВЛЯТЬСЯ.

Я думаю, что поросёнок мог залечь где-нибудь В СПЯЧКУ. Мама говорит, что свиньи этого не делают, но если хотите знать моё мнение, я считаю, ЛУЧШЕ бы они это делали.

Если бы я был животным, то ИМЕННО так и ПОСТУПИЛ бы прямо сейчас. Я считаю, что в последний день осени все должны надеть пижамы и залечь на боковую до весны.

УВИДИМСЯ В МАЕ, РЕБЯТА!

Когда мне было поменьше лет, я ПЫТАЛСЯ впасть в спячку, но у меня ничего не вышло.

Я всегда СТРАШНО радовался Рождеству и, когда наступал декабрь, никак не мог дождаться самого главного дня.

Как-то раз, первого декабря, я сказал родителям, что иду спать и что они должны разбудить меня, только когда наступит Рождество. Я очень удивился, что они не стали возражать.

Я лёг спать вечером, но проспал только до середины следующего дня. После этого я на целых две недели выбился из режима сна.

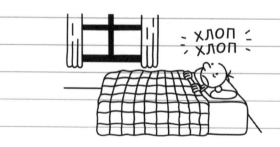

Мама говорит, что люди НЕ МОГУТ впадать в спячку, но я НЕ УВЕРЕН в этом на 100%.

В лесу живёт шайка диких ребят, все называют их Минго. ЗИМОЙ этих Минго никто не видит, а когда они появляются ВЕСНОЙ, вид у них такой, будто они только что проснулись.

Если они не ВПАДАЮТ В СПЯЧКУ, то я тогда не знаю, ЧЕМ они занимаются целую зиму.

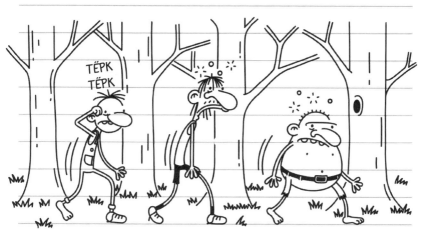

Всем остальным, НОРМАЛЬНЫМ людям, приходится как-то выживать, приспосабливаясь к холодам.

Сделать ЭТО можно только одним способом: надо как можно дольше оставаться дома и согревать себя.

Когда несколько недель назад мы вернулись из путешествия, на крыльце нас ждала посылка. Это был рождественский подарок от тёти Дороти. Мы открыли её и увидели большое ОДЕЯЛО.

Оно было просто ВЕЛИКОЛЕПНОЕ! Мягкое и ТЯЖЁЛОЕ — именно такое, какие мне нравятся. Единственная проблема была в том, что этот подарок был общим для нас, троих парней, и за него тут же началась борьба.

Всем нам хотелось пользоваться одеялом в одно и то же время, поэтому мама сказала, что мы будем брать его по ОЧЕРЕДИ.

Но никто из нас троих не умеет ДЕЛИТЬСЯ, поэтому маме пришлось составить график пользования одеялом, в котором было отмечено, кто и когда может его брать.

График пользования одеялом		
18.00	19.30	21.00
Мэнни	Мэнни	Мэнни
18.30	20.00	21.30
Грег	Грег	Грег
19.00	20.30	22.00
Родрик	Родрик	Родрик

Это было НЕЧЕСТНО. У Мэнни есть СВОЁ одеяло, и он получал двойной куш.

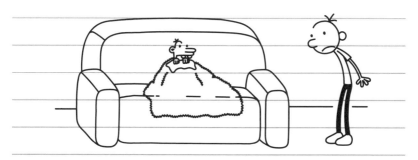

Когда подходила МОЯ очередь пользоваться одеялом, я старался устроиться со всеми удобствами.

Но получить удовольствие было непросто: Родрик начинал нависать надо мной, когда до окончания моей смены оставалось ещё целых пятнадцать минут.

Каждый из нас мог брать одеяло только вечером, три раза, на тридцать минут. Но Родрик обманом перехватывал очередь у МЭННИ: он брал одеяло с собой в туалет перед тем, как должна была НАЧАТЬСЯ смена Мэнни. Родрик сидел там целый ЧАС, воруя и МОЁ время тоже.

Тогда мама ввела правило, которое запрещало нам брать одеяло в туалет.

Как-то вечером я уснул под одеялом в своей комнате, а Родрик пожаловался на меня, потому что хотел, чтобы оно укрывало его, пока он будет есть свой завтрак. Мама придумала НОВОЕ правило, которое гласило, что если ты уснул под одеялом, то должен вернуть его в гостиную не позднее 8 часов утра.

К концу первой недели правил было уже столько, что маме пришлось собрать их в ИНСТРУКЦИЮ, в которой было примерно двадцать пять страниц.

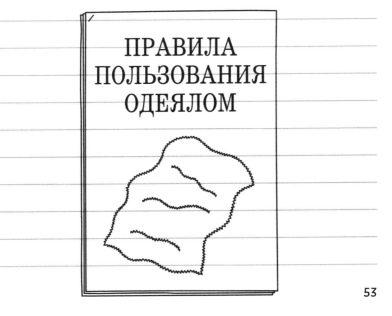

ПРАВИЛА ПОЛЬЗОВАНИЯ ОДЕЯЛОМ

Но ЭТО не решило нашей проблемы, и в конце концов мама забрала у нас одеяло, чтобы отдать его тому, кто его «заслуживал». Она сказала, что мы не умеем ДЕЛИТЬСЯ и сами виноваты в том, что у нас забирают хорошую вещь.

Взрослые всё время твердят, что делиться — это очень здорово, но лично я считаю, что ничего хорошего в этом нет. Если у меня когда-нибудь появится достаточно денег, я построю себе огромный замок, и в каждой комнате этого замка будет по большому тяжёлому одеялу.

<u>Понедельник</u>

Когда я проснулся сегодня утром, за окном было ниже нуля. Я обрадовался, что снова наступила ЗИМА, но, когда мама сказала, что мне придётся надеть в школу термобельё, я подумал, что глобальное потепление — это, возможно, не так уж и плохо.

Я ТЕРПЕТЬ НЕ МОГУ термобельё: оно неудобное и я чувствую себя в нём КАК ДУРАК. Термобельё классно смотрится на манекенах, которые стоят в торговых центрах, но когда Я надеваю его, то становлюсь похожим на супергероя, который вышел на пенсию.

ТЕРМОБЕЛЬЁ

У всех манекенов очень накачанные тела. На их фоне парни вроде меня, которые не могут проводить в спортзале по три часа каждый день, выглядят так себе.

Если я когда-нибудь добьюсь хорошей физической формы,
то запишусь в модели, с которых делают манекенов.
Тогда мне будет чем похвастаться на свидании.

Манекены, которые вы видите в магазинах спорттова-
ров, всегда стоят в позах атлетов. Мне кажется, это
довольно НЕПРОСТО — стоять в такой позе, пока тебя
лепят. Слишком много усилий для работы, которая
должна быть ЛЁГКОЙ.

Так что если я займусь этим делом, то буду работать в магазинах, где продаются кровати и ванны.

Мама говорит, мне ПОВЕЗЛО, что у меня есть термобельё, вот у наших ПРЕДКОВ не было вещей, которые могли бы их согреть.

Иногда мои предки меня просто УДИВЛЯЮТ! Я никак не могу взять в толк, почему они решили поселиться именно ЗДЕСЬ: ведь они могли выбрать место, где гораздо ТЕПЛЕЕ.

Но мне не на что жаловаться: они смогли ВЫЖИТЬ, и всё, что они делали, в результате облегчило жизнь МНЕ. Жаль, они не видят, как я здесь устроился, — тогда они поняли бы, что все их жертвы были НЕ ЗРЯ.

Я думаю, нам ВСЕМ повезло, что мы живём именно сейчас: ведь человечеству пришлось через МНОГОЕ пройти, чтобы всего этого достичь.

В школе нам рассказывали, что 10 000 лет тому назад половину планеты покрывал огромный пласт льда. И если люди смогли преодолеть ЭТО, то, я уверен, они смогут преодолеть ЧТО УГОДНО.

Наша учительница говорила, что когда-нибудь на Земле наступит новый ледниковый период и ледники вернутся. Я надеюсь, что это случится ещё не СКОРО.

Я слышал, что ледники движутся очень МЕДЛЕННО, и это хорошо. Тогда у нас будет шанс успеть что-нибудь ПРЕДПРИНЯТЬ.

Я не знаю, что хуже: планета, на которой слишком ЖАРКО, или планета, на которой слишком ХОЛОДНО. Я знаю только одно: сегодня было холодно, и шагать утром в школу в такую погоду совсем невесело.

Я пытался поднять себе настроение, перебирая в голове вещи, за которые люблю ЗИМУ, но список оказался очень коротким. Рождество — это прекрасно, но потом наступает непростой период, и он тянется до самой весны.

Я пришёл к выводу, что единственное, за что можно любить зиму, — это за ГОРЯЧИЙ ШОКОЛАД. Когда я был в патруле по поддержанию порядка, я получал горячий шоколад в школе бесплатно. А теперь, когда меня оттуда выперли, мне приходится приносить СВОЙ.

Каждое утро я наливаю в термос горячий шоколад и согреваюсь им по дороге в школу.

Но сегодня папа, должно быть, схватил МОЙ термос, а мне оставил СВОЙ. Я понял, что произошло, только когда сделал большой глоток грибного супа-пюре.

Было бы неплохо, если бы утром родители отвозили меня в школу, но они выходят на полчаса раньше, чем я.

Некоторых детей с нашего холма родители подвозят в школу в такой мороз, как сегодня. Но когда мы с Роули машем им, чтобы они и нас подбросили, те на нас даже не смотрят. И это, конечно, хреново: ведь мы, ребята с холма, всегда должны ВЫРУЧАТЬ друг друга.

Сегодня было так холодно, что на большой перемене учителя не выпустили нас во двор — лично МЕНЯ это устраивало.

В ПРОШЛЫЙ раз, когда мы гуляли на перемене в такой день, как сегодня, Альберт Сэнди заявил: на улице так холодно, что плевок замёрзнет в воздухе, прежде чем упадёт на ЗЕМЛЮ.

Что я могу сказать?.. Он оказался НЕ ПРАВ, а переменка в тот день превратилась в настоящий КОШМАР.

Когда перемены проходят в школе, на них обычно бывает довольно скучно. Мы должны играть в настольные игры, мастерить поделки или рисовать, но ребятам трудно усидеть на месте, и они находят способы оживить обстановку.

Сегодня учительница сказала, что мы попробуем кое-что НОВЕНЬКОЕ.

Она объяснила нам, как играть в игру под названием «Музей»: каждый должен застыть, как статуя, и не шевелиться как можно дольше.

Это действительно было очень СМЕШНО, но, когда переменка закончилась, я понял: это был такой лёгкий способ заставить нас полчаса вести себя ХОРОШО.

Зимой я не люблю находиться в помещении школы — по той простой причине, что многие ребята БОЛЕЮТ, а я не хочу, чтобы МЕНЯ кто-нибудь заразил.

В нашей школе ПОЛНО бактерий, и НИКТО не закрывает рот рукой, когда чихает или кашляет.

Идти по коридору из одного класса в другой — всё равно что идти через зону боевых действий.

Все забывают, что чихать надо в сгиб локтя, а ребята вроде Альберта Сэнди делают только ещё ХУЖЕ. Сегодня за завтраком Альберт рассказал историю об одном парне, который закрыл рот рукой перед тем, как чихнуть, и ему ОТОРВАЛО голову.

Я сказал Альберту, что он врёт, но он поклялся, что это ПРАВДА. Он сказал, что этот парень ВЫЖИЛ и теперь работает упаковщиком в магазине «Шопинг на быструю руку: хватай и убегай».

Альберт ВСЁ ВРЕМЯ распространяет недостоверную информацию вроде этой, но ребята, которые сидят за нашим столом, верят каждому его слову. И теперь они ТОЧНО не будут прикрывать рот рукой, когда захотят чихнуть.

Пару недель назад Альберт сказал, что, если зимой у кого-то умирает домашнее животное, люди вынуждены ждать весны, когда растает снег и питомца можно будет похоронить. Он сказал, что людям приходится где-то ХРАНИТЬ своих домашних животных всё это время.

Альберт сказал, что зимой жители нашего города хранят своих домашних животных в большой морозильной камере, которая стоит в столовой у нас в школе, и что сейчас она забита ДО ОТКАЗА.

Я почти УВЕРЕН, что это очередная дурацкая выдумка Альберта. Но пока мы не найдём нашего ПОРОСЁНКА, я ни за что не буду брать в столовой свинину на гриле — так, на всякий случай.

Я всерьёз думаю о том, чтобы пересесть за другой стол, — мне надоело каждый день сидеть рядом с Альбертом Сэнди и всеми этими идиотами. По кому я точно не буду скучать, так это по Тэдди Силветти, который всю зиму ходит в одном свитере.

Этот свитер НИ РАЗУ не стирали, и он весь заляпан пятнами от еды. Иногда ребята, которые сидят за моим столом, пытаются угадать, какое пятно от ЧЕГО, — именно этим они и занимались сегодня.

Теперь вы понимаете, почему девчонки из моей школы вешают в своих шкафчиках фотки поп-звезд? Парни из моего класса просто не оставляют им ВЫБОРА.

Я даже не ПРЕДСТАВЛЯЮ, сколько бактерий может быть на свитере Тэдди, поэтому сажусь от него через два стула как минимум.

В школе почти все мои умственные силы уходят на составление таблиц, в которых я указываю, чьи бактерии ГДЕ находятся. За эту зиму я исписал уже два блокнота.

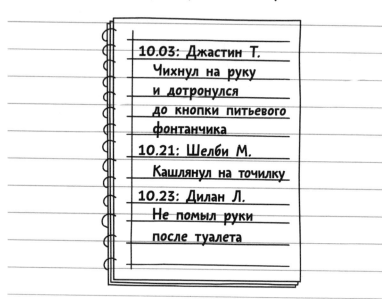

10.03: Джастин Т.
Чихнул на руку
и дотронулся
до кнопки питьевого
фонтанчика
10.21: Шелби М.
Кашлянул на точилку
10.23: Дилан Л.
Не помыл руки
после туалета

Трудности возникают, когда приходится иметь дело с БЛИЗНЕЦАМИ — Джереми и Джеймсоном Гарза. Я не умею различать их, но сегодня мне показалось, что один из них болен, а другой НЕТ.

Так что я выстрелил бумажным шариком в волосы больного, чтобы было легче следить за ним.

Единственная причина, по которой ПРИЯТНО болеть, — это леденцы со вкусом вишни, которые мама даёт мне, когда у меня болит горло. Знаю, их нужно сосать очень медленно, но я жую эти леденцы, как КОНФЕТ-КИ, и за день у меня уходит несколько пачек.

Девчонки из моего класса ОБОЖАЮТ запах леденцов со вкусом вишни, а ради ЭТОГО можно и поболеть.

К несчастью, ПАРНЯМ из моего класса тоже нравится этот запах. Они всё время просят, чтобы я ДАЛ им немного леденцов.

Несколько недель назад я почувствовал, что у меня скоро заболит горло, и взял с собой в школу три пачки леденцов со вкусом вишни. Одну пачку я положил в карман, а две ДРУГИЕ — в свой шкафчик.

Но Джейк Макгаф учуял запах леденцов, которые я положил в шкафчик. Когда я спохватился, Бац-и-Шишка уже успел взломать замок.

Как бы я хотел ВООБЩЕ не ходить в школу, когда холодно и вокруг сплошные вирусы. Может быть, в один прекрасный день я куплю себе огромный пластиковый пузырь для защиты от бактерий.

Но я уверен, что мой пузырь не продержится
и ДНЯ, — его проткнёт какой-нибудь идиот.

Я, конечно, ненавижу болеть, но я рад, что от просту-
ды до сих пор не придумали лекарство.

Ведь если бы его ПРИДУМАЛИ, я бы не смог притво-
ряться больным и оставаться дома, чтобы играть в видеоигры.

Сегодня, когда мы возвращались ДОМОЙ, было ещё холоднее, чем когда мы шли в школу. ВЕТЕР дул нам с Роули в лицо, и от этого становилось в десять раз ХУЖЕ.

Мы так мёрзли, что по дороге домой нам пришлось сделать несколько остановок. Первым местом, куда мы нырнули, была пиццерия: там стоит большая печь, и всегда очень тепло. Но когда парень, который владеет этим заведением, понял, что мы не собираемся ничего ПОКУПАТЬ, он вышвырнул нас вон.

Следующую остановку мы сделали в городской библиотеке. Это общественное здание, и я знал, что нас не
могут оттуда выгнать. Но когда библиотекарши начали
совать нам книги, мы ушли САМИ.

Плохо, что перед уходом мы не сходили в библиотеке
в туалет: когда до дома оставалось ещё полпути,
Роули приспичило. Мы стучались в двери, но, когда
люди видели нас, они делали вид, что их нет дома.

Мы всё-таки заставили одного человека ОТКРЫТЬ нам, но к этому времени у Роули так замёрзло лицо, что он не смог выговорить ни единого СЛОВА.

Когда мы добрались до Суррей-стрит, я понял, что Роули нужна срочная медицинская помощь. Но я знал: ни один человек, живущий на Нижней Суррей-стрит, не пустит нас в дом.

Перед домом мистера Йи лежит большой КАМЕНЬ. Я сказал Роули, чтобы он нырнул за него и сделал свои дела. Лично я ни за что бы не стал отливать на улице в ТАКОЙ мороз: ведь Альберт Сэнди рассказывал нам историю о том, что случилось с парнем, который это СДЕЛАЛ.

Но я решил, что сейчас не самый подходящий момент рассказывать об этом Роули. К тому же я не был уверен, что он хочет именно ПО-МАЛЕНЬКОМУ.

Я не знаю, чем он там занимался, но возился он целую ВЕЧНОСТЬ. Ребята, живущие на Нижней Сур-рей-стрит, вышли на улицу поиграть, и через пару секунд вокруг Роули собралась толпа. Я отошёл в сторонку, потому что не хотел, чтобы народ подумал, что мы с ним ВМЕСТЕ.

К счастью, Роули уже закончил свои дела, и мы убра-лись оттуда прежде, чем кто-то догадался, чем он ЗАНИМАЛСЯ. Ведь именно из-за такой глупости и мо-жет вспыхнуть ВОЙНА.

Вторник

Сегодня утром снова было очень холодно, и я откопал в шкафу шарф и старые перчатки. Мама сказала, чтобы я надел варежки, которые бабушка связала мне прошлой зимой, но когда она их вязала, она забыла приделать БОЛЬШОЙ ПАЛЕЦ.

Поэтому, когда я их надеваю, впечатление такое, что у меня на руках НОСКИ. В снежном бою они совершенно БЕСПОЛЕЗНЫ.

76

Мама сказала, чтобы я надел теплые наушники, но я знаю одну вещь: не слышать, как ребята ПОДКРАДЫВАЮТСЯ, всё равно что самому НАПРАШИВАТЬСЯ.

ШЛЁП ШЛЁП ШЛЁП ШЛЁП

Причина, по которой я страшно мёрзну, заключается в том, что я ХУДОЙ и у меня нет теплоизоляции. Зимой я стараюсь побольше есть, чтобы нарастить жир. Но у меня, наверно, быстрый метаболизм: что бы я ни делал, мне ничего НЕ ПОМОГАЕТ.

Мне кажется, что сегодня утром на улице было где-то минус десять градусов, и по дороге в школу я задумался, может ли КРОВЬ человека замёрзнуть.

Я слышал, что люди примерно на 60% состоят из ВОДЫ, поэтому я решил, что такое ВОЗМОЖНО. Правда, это больше похоже на выдумку Альберта Сэнди.

БОЛЬШЕ ВСЕГО я переживал, как бы себе чего-нибудь не ОТМОРОЗИТЬ. На полдороге к школе я почувствовал, что мне сильно ЩИПЕТ уши, и пожалел, что не послушал маму и не надел наушники.

Я боялся, что у меня ОТВАЛИТСЯ ухо, а я замечу это только на уроке.

Я переживал не только за УШИ. Есть МНОЖЕСТВО других частей тела, которые можно отморозить.

Я бы не хотел лишиться НОСА: ведь без него я буду выглядеть странновато. Но, с другой стороны, на уроке обществоведения я сижу рядом с ТУАЛЕТОМ, так что хотя бы ЭТА ситуация немного улучшится.

К тому же в холодную погоду у меня из носа ВСЁ ВРЕМЯ текут сопли, и я всегда слишком поздно понимаю, что у меня над губой висит замёрзшая сопля.

Ещё мне не хотелось бы расстаться с ГУБАМИ: ведь тогда будет казаться, что я всё время УЛЫБАЮСЬ. А в некоторых ситуациях это может создать серьёзные проблемы.

Мне повезло, что я нашёл ПЕРЧАТКИ: мне не хотелось потерять ни один из ПАЛЬЦЕВ. Единственное, с чем я мог бы легко расстаться, — это мизинцы на ногах: я ими ПОЧТИ не пользуюсь. В последний раз я пользовался ими, когда был в детском саду и мне нужно было сосчитать до двадцати. Других случаев не припомню.

Наверно, ДРУГИЕ ребята тоже переживали, как бы себе чего-нибудь не отморозить. Когда я пришёл в школу, там уже выстроилась очередь в туалет — к сушилке для рук. Из-за этого я опоздал на первый урок на пять минут.

Когда мы шли сегодня домой, ветер уже не задувал так сильно, как вчера, но было по-прежнему ХОЛОДНО. Мы с Роули снова зашли в пиццерию погреться: ведь Роули нашёл в кармане куртки купоны на два бесплатных сэндвича с фрикадельками.

Перекусив, мы вышли из пиццерии, но до дома было ещё далеко. И тут мне пришла в голову одна идея.

Дом бабушки расположен посередине между нашей школой и Суррей-стрит, и я знал, что ДОМА никого нет. Каждую зиму бабушка уезжает на юг и возвращается только весной.

Чтобы мы были в курсе, как классно она проводит время, бабушка всю зиму шлёт нам фотки, на которых она сама и *её* приятельницы позируют в купальниках.

Своего пса Пупса бабушка берёт с собой. Я просто счастлив знать, что Пупс валяется на пляже где-то на юге, когда у меня здесь мёрзнет задница.

Обычно бабушка прячет ключ от дома внутри садово-
го гнома, который стоит у входной двери. ИМЕННО
в нём ключ сегодня и обнаружился.

Я подумал, что мы можем погреться в бабушкином доме
перед тем, как сделать последний рывок к дому. Роули
нервничал из-за того, что мы собираемся войти в дом,
в котором нет взрослых, но я сказал, что бабушка —
член СЕМЬИ и что она НЕ СТАЛА бы возражать.

Когда мы вошли в дом, я очень удивился. В нём было
холодно, как в МОРОЗИЛКЕ, — видимо, бабушка
выключает на зиму термостат.

Обычно бабушка ВРУБАЕТ отопление на полную мощность. Когда она дома, у неё так жарко, что приходится есть мороженое прямо у ящика холодильника, а то оно может растаять в руках.

НЯМ
НЯМ

Первое, что я сделал, когда мы вошли в бабушкин дом, — это включил термостат. Чтобы дом прогрелся, должно было пройти какое-то время, поэтому я включил духовку, и мы БЫСТРЕНЬКО согрелись.

Ш-Ш-Ш-Ш-Ш

У бабушки в холодильнике было полно снеков, и мы с Роули подкрепились. Пока мы ели снеки, нам показалось, что за окном что-то МЕЛЬКНУЛО.

Это была миссис МакНейл — ближайшая соседка бабушки, очень любопытная. Она, должно быть, заметила свет от холодильника и решила посмотреть, что происходит внутри.

Мы спрятались, и через какое-то время миссис Мак-Нейл наконец ушла. Я понял, что мы должны быть ОСТОРОЖНЫ: мне совсем не хотелось, чтобы она вызвала КОПОВ. Так что мы присели и в полуприседе направились в гостиную, где стоял телевизор.

У бабушки есть ВСЕ кабельные каналы. К счастью, ИХ она зимой не отключает. Но миссис МакНейл снова могла прийти, а мы не хотели рисковать, поэтому мы накрыли одеялом себя И телевизор и смотрели его ТАКИМ способом.

Думаю, мы совсем забыли про время: когда мы выключили телевизор, было уже ТЕМНО. В доме у бабушки было тепло и уютно, и мне не хотелось возвращаться обратно в холод. Мне пришла в голову мысль, как сделать наш путь домой более ПРИЯТНЫМ.

Я подумал, что, если перед тем, как отправиться обратно на улицу, мы прогреем нашу одежду в бабушкиной сушилке, она сохранит тепло до самого дома. Мы спустились в подвал, где у бабушки стоят стиральные машины, и загрузили нашу одежду.

Мы поставили таймер на тридцать минут и стали
ждать. Пока машина делала своё дело, мы сидели
в одних трусах, и нам было немного неловко.

К тому же в подвале было ХОЛОДНО, и мы решили
поискать какие-нибудь вещи, которые можно было бы
НАДЕТЬ. Роули нашёл свитер, который я подарил
бабушке на день рождения, и надел ЕГО. Но мне
что-то не хотелось надевать бабушкины вещи.

Я нашёл фуфайку, которую бабушка связала для Пупса, — она села на меня даже лучше, чем я ожидал. Но у меня стало ПОЧЁСЫВАТЬСЯ тело, и я не мог вспомнить, были ли когда-нибудь у Пупса БЛОХИ.

СКРАБ
СКРАБ

Я начал искал что-нибудь, чем можно было бы заменить фуфайку, как вдруг мы услышали наверху ШУМ.

ПЕРВОЕ, о чём я подумал, — это что бабушка дала миссис МакНейл ключ от дома, и та вошла внутрь. Но Роули сказал, что это может быть ГРАБИТЕЛЬ, который думает, что дома никого нет. Я решил, что, возможно, Роули ПРАВ.

ТОП ТОП

Топот наверху становился всё громче, и, когда дверь в подвал открылась, мы с Роули до смерти перепугались.

Я посмотрел по сторонам в поисках чего-нибудь, чем я мог бы себя ЗАЩИТИТЬ, но ничего лучше, чем вантуз для унитаза, не нашёл.

Роули схватил полироль с ароматом лимона и одну из бабушкиных сумочек. Шаги приближались, мы готовились к нападению.

Шаги ЗАМЕРЛИ на последней ступеньке, и мы ринулись в АТАКУ.

Как оказалось, это была не миссис МакНейл и не ГРА-
БИТЕЛЬ. Это была МАМА.

Она пришла постирать бельё, потому что у нас слома-
лась стиральная машина.

Мама не стала много говорить. Она просто сказала,
чтобы мы надели наши зимние вещи и сели в машину.
Всю дорогу, пока мы ехали домой, она не произнесла
ни единого слова — это было очень НЕПРИВЫЧНО.

Я думал, что, как только Роули выйдет из машины, мама станет кричать на меня за то, что я был в доме бабушки без разрешения. Но мама НИ СЛОВА мне не сказала и не стала ничего рассказывать папе за ужином.

Когда я закончил мыть посуду, мама сказала, что хочет поговорить со мной в моей комнате. Она сказала, что это «совершенно нормально», когда мальчики моего возраста играют в игру «вообрази себя кем-нибудь» и что в этом нет ничего постыдного. Потом она сказала, что рада, что мы с Роули развиваем воображение, а не играем в видеоигры.

Я даже не ПРЕДСТАВЛЯЮ, о чём подумала мама, когда увидела нас в подвале. Но, честно говоря, лучше бы она меня НАКАЗАЛА и оставила сидеть дома.

ФЕВРАЛЬ

Последние несколько дней идёт снег, за ночь выпало ещё три сантиметра снега. К несчастью, этого не хватило, чтобы закрыть школу, но даже если бы снега выпало БОЛЬШЕ, нас всё равно бы не освободили от занятий.

Каждый год нам разрешается пропускать определённое количество «снежных» дней. Если мы используем их все, нам приходится навёрстывать программу во время летних каникул. За эту зиму мы израсходовали почти все «снежные» дни — хотя, по правде говоря, НЕКОТОРЫЕ из них были истрачены не потому, что шёл СНЕГ.

В декабре школу закрыли на целых три дня из-за эпидемии ВШЕЙ.

Случилось вот что: Лили Боднер пришла в школу с вшами.
Я думаю, она об этом не знала. Вши стали РАСПРОСТРА-
НЯТЬСЯ, когда она делала фотки со своими подружками.

скок   скок

И если нам придётся сидеть в душном классе в июле,
то это благодаря Лили с её селфи.

ШУХ
ШУХ

Иногда, если снег идёт утром, нам разрешают учиться
ПОЛДНЯ. Но я не люблю эти половинчатые дни: ведь
нам приходится тащиться в школу только ради того,
чтобы позаниматься пару часов.

САМОЕ фиговое — это когда учителя смотрят прогноз
погоды и заранее решают, что ЗАВТРА мы будем учиться
только полдня.

В половинчатые дни расписание занятий остаётся прежним, просто всё сокращается наполовину. Это касается и НАКАЗАНИЙ. Все хулиганы нашей школы знают: если они набезобразничают НАКАНУНЕ половинчатого дня, то понесут лишь половину НАКАЗАНИЯ.

чпок

Иногда занятия в школе отменяют из-за того, что нам ОБЕЩАЮТ снег, а он НЕ ВЫПАДАЕТ. Это происходит потому, что учителя верят прогнозам ведущего, который работает на местном телевидении. А он ошибается в 50% случаев.

Накануне Нового года он сказал, что завтра будет подходящая погода для «футболок и шортов», а на следующий день выпало шесть сантиметров снега. Когда люди увидели Гари в магазине, они дали ему понять, что они от этого не в восторге.

Честно говоря, я не понимаю, почему у этого парня всё ещё есть РАБОТА. Думаю, что пока люди вроде моих родителей смотрят его каждый вечер, он НИКУДА не денется.

Сегодня утром я не смог найти свою перчатку и решил поискать ей замену. Времени у меня было мало, и я не смог придумать ничего лучше, чем взять тряпичную куклу, которую мама купила для того, чтобы заставить меня есть здоровую еду, когда я был маленький.

Наверно, мама думала, что если мистеру Ням-Няму понравятся овощи, то мне они тоже понравятся. Но я использовал мистера Ням-Няма для того, чтобы он ел МОИ овощи. Когда я нашёл его сегодня в шкафу, то увидел, что на его лице остались пятна от гороха, к которому я не притрагивался, когда учился во втором классе.

Знаю, это довольно нелепо, когда вместо перчатки на твою руку надета кукла. Поэтому, пока мы шли в школу, я ВСЁ время помнил о том, что надо держать эту штуку в кармане куртки.

Но когда с нами поравнялась Кэсси Дренч, которая сидела в машине своей мамы, я НАПРОЧЬ забыл, что на мою руку надет мистер Ням-Ням.

Кстати о ДЕВЧОНКАХ. В последнее время в патруле по поддержанию порядка произошли БОЛЬШИЕ перемены.

Раньше в патруле было полно ПАРНЕЙ, но перед Новым годом почти все они ушли, или их выперли.

В патруле осталось только двое парней: Эрик Рейнолдс и Дагги Финч — оба были капитанами. Но в начале января у них забрали бейджики за то, что они устроили снежный бой напротив начальной школы, где занималась группа детского сада.

И теперь патруль по поддержанию порядка на 100% состоит из ДЕВЧОНОК. Я не сомневаюсь, что они ЗАРАНЕЕ спланировали захват власти.

А всё потому, что парни, которые учатся в моей школе, любят ПОХУЛИГАНИТЬ. Когда идёт снег, они отрываются ПО ПОЛНОЙ.

Я думаю, что девчонкам это в конце концов НАДОЕЛО, и они решили взять власть в свои руки.

Теперь, когда они стали главными, они не дают нам расслабиться. Если в школьный день ты бросишь хоть один снежок, патруль сообщает об этом директору, и тебя тут же отстраняют от занятий.

Девчонки только и ЖДУТ, когда кто-нибудь из нас, парней, сделает неверный шаг.

Сегодня проезжая часть дороги расчищена, а тротуар НЕТ. Когда такое случается, мы с Роули идём по дороге. Но этот новый патруль по поддержанию порядка строго следит за соблюдением правил, они не разрешают нам ходить по дороге, хотя САМИ ходят по ней.

Это очень НЕПРОСТО — идти по тротуару, который завален снегом. ОСОБЕННО когда люди расчищают дороги к своим домам.

Трудно даже различить, где НАЧИНАЕТСЯ тротуар. Сегодня утром я чуть не вывихнул коленную чашечку, когда ударился о пожарный гидрант, который был засыпан снегом.

Фиговее ВСЕГО то, что патруль заставляет нас, парней, ходить по ТРОТУАРУ, а ДЕВЧОНКАМ разрешает ходить по ДОРОГЕ.

Когда сегодня мы с Роули добрались до школы, сил на учёбу у нас уже не оставалось. А девчонки из нашего класса были свежи и рвались отвечать. Если кто-нибудь из них станет президентом, то только потому, что в средней школе они получили незаслуженное преимущество.

Я вообще-то не виню патруль по поддержанию порядка в том, что он цепляется к парням из моего класса. Многие мои одноклассники ведут себя, как ДИКАРИ, и портят репутацию воспитанным ребятам типа МЕНЯ.

Но после всех тех перемен, которые произошли с патрулём, мне, наверное, нужно найти способ отделить себя от этих придурков.

Если я стану работать НА патруль, я буду у них на ХОРОШЕМ счету. И если начну сообщать девчонкам обо всех нарушителях, они будут у меня в ДОЛГУ.

По непонятной мне причине стукачество у нас в школе не поощряется. Если ты сообщил, что кто-то из ребят сделал что-то ПЛОХОЕ, тебя начинают дразнить ябедой, и отвязаться от этого очень трудно.

Насколько я могу судить, правило «никакого стукачества» выгодно только ХУЛИГАНАМ. Я уверен, что они ПЕРВЫМИ это придумали.

Лично я ЛЕГКО могу наябедничать на кого-нибудь. К тому же стукачеством можно зарабатывать ДЕНЬГИ.

Родрик рассказывал мне об одном парне из их школы — он оказался агентом из отдела по борьбе с наркотиками. Этот парень только ПРИТВОРЯЛСЯ школьником, а на самом деле был ЗАМАСКИРОВАННЫМ копом.

Я уже слыхал о таком, и иногда я задаю себе вопрос, а нет ли агентов из отдела по борьбе с наркотиками в СРЕДНЕЙ школе?

У нас есть новенький, которого зовут Шейн Браунинг. Он перевёлся в нашу школу в середине года и выглядит гораздо старше остальных ребят. Я подумал, может, ОН и ЕСТЬ агент?

Я начал делиться с ним инсайдерской информацией
о своих одноклассниках — просто так, на всякий случай.

Ладно, сменим тему. Из-за снегопада возникла КУЧА
проблем. Последние несколько дней ребята приходят
в школу в сапогах, и в коридорах остаются следы
от снега.

Сегодня учителя велели всем оставить сапоги при
входе. Но снег, который был на сапогах, РАСТАЯЛ,
и образовалась огромная ЛУЖА.

Ребята ПРОШЛИ по этой луже в класс, и их носки промокли НАСКВОЗЬ. Всё это привело к тому, что после второго урока в коридорах начался БАРДАК.

Дело зашло так далеко, что учителя были вынуждены забрать у нас наши носки и отнести их в приёмную директора.

Но куча босых школьников — это тоже не фонтан.

После уроков мы дружно направились в приёмную директора за нашими носками. Но почти все носки выглядели ОДИНАКОВО, и никто не мог сказать, кому какой носок принадлежит.

К счастью, у Джейка Макгафа превосходное обоняние, и он по запаху определил, какой носок чей.

Он даже различил носки близнецов Гарза, а это, согласитесь, ВПЕЧАТЛЯЕТ.

Когда мы возвращались сегодня домой, на улице стало немного теплее, и я был этому рад, поскольку нам с Роули не пришлось останавливаться в бабушкином доме. Но это не значит, что дорога домой стала ЛЕГЧЕ.

Пока ты возвращаешься домой из школы, ты не имеешь права бросать снежки. Но КОГДА ты пришёл домой, ты можешь делать ЧТО ХОЧЕШЬ.

Поэтому ребята, которые живут недалеко от школы, считают, что как только ты бросил рюкзак у входной двери, можно сказать, что ты уже ДОМА. И тут же начинают преследовать ребят вроде нас с Роули, которым ещё далеко ИДТИ.

ПАТРУЛЬ ПО ПОДДЕРЖАНИЮ ПОРЯДКА тоже подвергается атакам. Но правила есть правила: они не имеют права ОТБИВАТЬСЯ.

А их атакуют с обеих СТОРОН. Некоторые ребята с нашего холма, которых возят домой на машине, проходят полпути обратно по направлению к школе, чтобы отыграться на девчонках.

Завтра может выпасть ещё несколько сантиметров снега. Я сказал родителям, что буду копить на СНЕГОМОБИЛЬ, чтобы было проще добираться до школы в снежные дни.

Но родители начали приводить разные причины, по которым школьник не может купить себе снегомобиль. Через какое-то время я перестал их слушать.

Каждый раз, когда мне приходит в голову какая-нибудь хорошая идея, родители зарубают её на корню. Именно так они поступили ПРОШЛОЙ зимой, когда я решил купить собачью упряжку.

Я подумал, что если куплю несколько собак и научу их возить сани, то утром дорога до школы будет занимать всего ПАРУ МИНУТ.

Родители, наверно, подумали, что я ШУЧУ, и сказали, что это хорошая идея.

Но когда я взял полученные на Рождество деньги и купил у дамы, которая живёт в начале улицы, помёт щенят, родители велели мне вернуть их обратно — всех до единого.

Четверг

Сегодняшний день напомнил мне, почему зима — моё самое нелюбимое время года.

Сегодня опять шёл снег, и утром я решил принять дополнительные меры, чтобы не замёрзнуть по дороге в школу. Перед уходом на работу папа зажёг камин, и я решил погреть у камина свою куртку и ботинки перед тем, как надеть их.

Но я поставил ботинки слишком близко к огню — резиновая подошва расплавилась и прилипла к кирпичам. Пора уже было выходить, а они никак не ПОДДАВАЛИСЬ.

Роули должен был прийти с минуты на минуту, и надо было придумать, что ЕЩЁ можно надеть на ноги.

Я понимал, что патруль не разрешит нам идти по дороге, а если я пойду по снегу, то кроссовки промокнут НАСКВОЗЬ.

Тогда я смастерил себе СНЕГОХОДЫ — при помощи коробок из-под пиццы и скотча. Когда Роули постучал в дверь, я был готов отправиться в путь.

Должен вам сказать, что мои снегоходы оказались даже лучше, чем я ОЖИДАЛ. Я двигался так быстро, что Роули едва поспевал за мной.

ШУХ

ШУХ

113

Но когда мы оказались в конце Суррей-стрит, начались проблемы.

Коробки РАЗБУХЛИ, и я начал проваливаться в снег. Это было намного ХУЖЕ, чем если бы я был в кроссовках: ведь мне приходилось волочить за собой намокшие КОРОБКИ.

ШЛЁП   ШЛЁП

Я понимал, что пользы от них никакой, и попросил Роули помочь мне стянуть коробки с обуви. Но это оказалось НЕВОЗМОЖНО: ведь я дважды обмотал коробки скотчем.

ГРЫЗ   ГРЫЗ

К несчастью, мы находились на краю двора Гузманов, а они держат около одиннадцати собак. Собакам было любопытно узнать, чем мы занимаемся, и это нам никак не помогало.

Собаки РАССВИРЕПЕЛИ и начали драться за коробки из-под пиццы. В этот момент я вспомнил, что в них осталось несколько кусочков пиццы.

Собаки сжевали коробки из-под пиццы — к счастью, мои НОГИ остались целы. Мы быстренько убрались оттуда, но из-за снега мои кроссовки промокли насквозь.

Как только я ступил на проезжую часть, патруль по поддержанию порядка со своими свистками был тут как тут. Мне пришлось смириться и идти по тротуару.

Скоро МОРОЗ дал о себе знать. Я боялся, что могу лишиться ПАЛЬЦЕВ на ногах, если не придумаю, как их согреть. До школы было ещё очень далеко, и я был в отчаянии.

Время от времени мы останавливались у какого-нибудь дома. Я просовывал ногу в вентиляционное отверстие и держал её там до тех пор, пока снова не чувствовал пальцы.

Наконец мы добрались до школы. Но через пару минут я почувствовал, что ТАМ так же холодно, как и НА УЛИЦЕ.

Судя по всему, случилось вот что: запах носков, который остался со вчерашнего дня, был таким сильным, что ночной уборщик просто не выдержал.

Он открыл все окна, чтобы впустить свежий воздух.

А когда его смена закончилась, он, наверное, забыл их ЗАКРЫТЬ. Котёл не мог нагреться и выключился. Это значило, что у нас в школе целый день не будет ОТО-ПЛЕНИЯ.

Сначала учителя разрешили нам сидеть на уроке в зимней одежде. Но мы, наверно, выглядели странно, поэтому они передумали и велели нам убрать нашу одежду в шкафчики.

На уроке истории мы ЗАМЕРЗАЛИ от холода, а наша учительница чувствовала себя ПРЕКРАСНО. У стола миссис Уилли всегда стоит обогреватель, и она врубила его на МАКСИМУМ.

В середине урока девочка, которую зовут Бекки Косгроув, опрокинула парту и начала орать — ни с того ни с сего.

В наказание миссис Уилли велела Бекки сесть на стул рядом с учительским столом. Через пару минут ОСТАЛЬНЫЕ ребята поняли, ради чего Бекки это затеяла.

Но в средней школе полно идиотов, поэтому в течение тридцать секунд ВСЕ пытались заполучить место рядом с миссис Уилли.

Весь оставшийся день ребята чего только ни делали, чтобы СОГРЕТЬСЯ. Некоторые проявили ИЗОБРЕТАТЕЛЬНОСТЬ.

Несколько недель назад мы ставили в школе спектакль, и кому-то пришла в голову гениальная идея принести из-за кулис один из костюмов.

Пока ВНУТРИ у многих из нас отмерзали задницы, СНАРУЖИ росли сугробы. После третьего урока народ испугался, что может застрять в школе на целую НОЧЬ.

Во время завтрака несколько парней скупили в столовой всё, что там было, чтобы не остаться без еды, если нас завалит снегом. Это вызвало панику у ОСТАЛЬНЫХ ребят, и они совершили налёт на торговые автоматы, которые стоят в коридорах.

После этого народ пошёл вразнос, пытаясь заполучить всё, что казалось СЪЕДОБНЫМ. Прокатился слух, что еда есть в НАУЧНОЙ лаборатории, и шайка ребят рванула ТУДА.

Как я понял, они там всё там ОПУСТОШИЛИ.

Директор, наверно, поняла, что назревает БУНТ,
и объявила, что отпускает нас пораньше.

Все, кто ездит домой на АВТОБУСЕ, пришли
в восторг, а мы, ребята, которым приходится ходить
ПЕШКОМ, не слишком обрадовались. Мне было
неохота тащиться домой в метель, и я кое-что
ПРИДУМАЛ. Неподалёку от НАШЕГО квартала
находится Уирли-стрит, и я подумал, что мы с Роули
могли бы сесть в ИХ автобус, а оставшуюся часть
пути пройти ПЕШКОМ.

Как только нас отпустили, мы прямиком направились к остановке. Мы были так укутаны, что никто не обратил на нас ВНИМАНИЯ, когда мы сели в автобус.

Должен вам сказать, это было довольно НЕПРИЯТ-НО — оказаться в одном автобусе вместе с ребятами с Уирли-стрит: ведь эти парни — наши ВРАГИ. Раньше они каждую зиму катались на санках с нашего холма, пока не обнаружили 13-ую лунку на поле для гольфа.

О 13-ой лунке ходят ЛЕГЕНДЫ. Все знают, что это лучший холм для катания на санках во всём городе. Но проблема заключается в том, что поле для гольфа принадлежит загородному клубу, и если ты катаешься там на санках, значит, ты НАРУШАЕШЬ ГРАНИЦУ.

В прошлом году я решил выяснить, почему все столь-ко говорят о 13-ой лунке, и велел Роули идти со мной. Но Роули СТРАШНО разнервничался, что нам придётся нарушить границу, и не хотел идти.

Мне пришлось напомнить ему, что он и его семья являются ЧЛЕНАМИ загородного клуба, поэтому он, строго говоря, ничего НЕ НАРУШИТ.

Я думаю, Роули боялся, что его семью могут лишить абонемента, если увидят, что он катается на санках. Чтобы его никто не узнал, он начал быстро мотать головой, и мотал ею всё время, пока мы были там.

ВЖИК
ВЖИК

Должен признать: 13-ая лунка оказалась именно такой, как о ней РАССКАЗЫВАЛИ.

Она действительно была очень КРУТАЯ, а у её подножия кто-то соорудил сугроб, с которого ты улетаешь под НЕБЕСА.

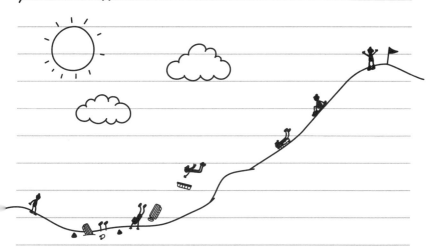

Мы несколько раз хорошо прокатились, а потом пришли ребята с УИРЛИ-стрит и вышибли всех ЧУЖАКОВ с поля для гольфа, чтобы могли кататься только они сами.

Я отнёсся к этому спокойно. Главное, чтобы эти ребята не безобразничали на НАШЕЙ улице, а так... пускай пользуются своим ПОЛЕМ ДЛЯ ГОЛЬФА, мне-то что.

Ехать в автобусе вместе с ребятами с Уирли-стрит было не слишком весело, мы с Роули сидели тихо, чтобы не привлекать внимания.

Мы почти добрались до Уирли-стрит, но тут один из парней, которые сидели на задних сиденьях, выкинул ДУРАЦКИЙ номер. Этот идиот бросил снежок В АВТОБУСЕ.

ВЖИК

ШЛЁП

Водитель тут же остановила автобус. Она сказала, что мы не тронемся с места до тех пор, пока тот, кто бросил снежок, не признается.

Как я уже говорил, в средней школе действует правило «никакого стукачества», поэтому на задних сиденьях все набрали в рот ВОДЫ. Жаль, что я не видел, кто это сделал: я бы сдал его НЕ ЗАДУМЫВАЯСЬ.

Я был уверен, что водитель просто БЛЕФУЕТ, заявляя, что мы не тронемся с места. Я не сомневался, что мы поедем через пару минут.

Но она раскрыла КНИГУ и начала читать ПЕРВУЮ страницу. А мы сидели и целый ЧАС ждали, когда она закончит.

Хуже всего было то, что водитель выключила ДВИГА-ТЕЛЬ, и стало очень ХОЛОДНО.

На задних сиденьях шёл какой-то разговор, и я поду-мал, что ребята хотят заставить того, кто бросил сне-жок, признаться.

Я повернулся посмотреть... но лучше бы я этого не делал. Ведь как только я ПОВЕРНУЛСЯ, какой-то восьмиклассник понял, что я не с Уирли-стрит.

Это решило дело. Парням надо было свалить на ко-го-то ВИНУ за снежок, а поскольку я был ЧУЖАК, они тут же меня сдали.

Водитель сказала, чтобы я НЕМЕДЛЕННО вышел из автобуса. МЕНЯ это не огорчило: теперь, когда меня рассекретили, мне не хотелось торчать там ни мину-той ДОЛЬШЕ. Я вышел из автобуса, Роули вышел следом за мной.

Я был уверен, что до Уирли-стрит не больше километра. Дорога, на которой мы оказались, не имела тротуара, но здесь, так далеко от школы, не было никаких патрулей, и поэтому мы шли по проезжей части.

Через пять минут мы услышали злобные голоса. Это была шайка ребят с Уирли-стрит, они пришли ЗА нами.

Сначала эти идиоты СОВРАЛИ, что я бросил снежок в автобусе. Потом они ПОВЕРИЛИ в своё враньё, а теперь РАССВИРЕПЕЛИ.

Нам с Роули надо было сделать выбор. Придётся или разбираться с толпой, или ДАТЬ ДЁРУ. Мы решили дать дёру, а единственным местом, куда мы могли направиться, был ЛЕС.

Поверьте, я хотел этого МЕНЬШЕ ВСЕГО на свете. Все знают, что в лесу, который тянется вдоль дороги, живёт КОЗЛОНОГИЙ ЧЕЛОВЕК, вот почему туда никто не ходит.

Первым, кто рассказал мне о Козлоногом Человеке, был Родрик. Он сказал, что это наполовину человек, наполовину козёл.

Я не понял, что он имел в виду: что у Козлоногого верхняя часть, как у КОЗЛА, а нижняя, как у ЧЕЛО-ВЕКА, или наоборот? Но каким бы он ни был, МЕНЯ этот Козлоногий Человек очень пугал.

Мы с Роули МНОГО лет спорим, какая версия пра-вильная. Роули думает, что Козлоногий Человек разде-лён ПОПОЛАМ.

Возможно, Роули и ПРАВ, но если вам интересно моё
мнение, то я считаю его версию ДУРАЦКОЙ.

Об этом хорошо болтать, когда остаёшься ночевать
у друга и лежишь в спальном мешке, чувствуя себя
в полной безопасности. Но теперь, когда мы оказались
в лесу, где ЖИВЁТ Козлоногий Человек, нам было
не до смеха.

Ребята с Уирли-стрит, должно быть, тоже знали
о Козлоногом Человеке: когда мы побежали в лес,
они не стали нас преследовать. Я решил, что мы
пробудем в лесу только до того момента, пока ребята
с Уирли-стрит не УЙДУТ; мы не хотели оставаться
там дольше, чем НУЖНО.

Но эти парни, видимо, поняли, что мы страшно напуганы и не хотим там задерживаться, и потому поджидали нас на дороге, у леса.

У нас был только один выход: идти дальше в лес, и мы пошли.

В лесу было очень ТИХО, и это было НЕПРИВЫЧНО. Через какое-то время я заметил, что до нас больше не долетает шум машин, проезжающих по дороге, и понял, что мы зашли СЛИШКОМ далеко.

Мы пошли по нашим следам обратно к дороге, но солнце начало садиться, и отыскивать следы было непросто.

Мы прибавили скорость, потому что не хотели торчать в лесу, когда СТЕМНЕЕТ. Но когда мы набрели на дорожку чьих-то следов, то ЗАМЕРЛИ на месте.

Сначала мы подумали, что это КОЗЛОНОГИЙ ЧЕЛО-ВЕК. Но потом поняли, что тут ДВЕ дорожки следов и что это НАШИ следы. Это значило, что последние десять минут мы ходили по большому КРУГУ.

Мы повернулись и двинулись в ПРОТИВОПОЛОЖНОМ направлении. Через какое-то время мы оказались у РУ-ЧЬЯ, и я понял, что мы потерялись.

Роули ЗАПАНИКОВАЛ, а я нет. Я знал, что, если ты потерялся в каком-нибудь диком краю, тебе нечего ОПАСАТЬСЯ, пока у тебя есть ВОДА.

Я смотрел фильм об исследователях, которые застряли в горах. Они нашли источник, и это спасло им жизнь.

Правда, потом я вспомнил, что, когда их положение стало БЕЗВЫХОДНЫМ, им пришлось съесть вьючных животных. Мне оставалось надеяться, что у НАС до этого не дойдёт.

Я подумал, что, если мы пойдём вдоль ручья, он нас куда-нибудь ПРИВЕДЁТ и мы, по крайней мере, не потеряемся снова. Но когда мы наткнулись на плотину бобра, Роули до смерти перепугался.

Роули сказал, что бобры ОПАСНЫ, что он видел по телевизору одну передачу про то, как бобёр напал на ЧЕЛОВЕКА.

Роули — идиот. Передача, о которой он говорил, была МУЛЬТИКОМ. Я вообще-то сидел РЯДОМ с ним, когда он его смотрел.

ТУККИ ТУККИ ТУК

Несмотря на это, мне так и не удалось убедить Роули остаться возле ручья, и нам СНОВА пришлось повернуть обратно. Стало СОВСЕМ темно. Мы шли уже несколько минут, как вдруг я заметил яркий свет. Я подумал, что это, наверно, фары машины, и мы побежали вперёд.

Оказалось, что свет ШЁЛ из машины, и машиной оказалась куча ржавого металла, брошенная посреди леса. А то, что я заметил, было ЛУННЫМ светом, который отражался от бампера.

Когда мои глаза привыкли к свету, я увидел, что вокруг ПОЛНО брошенных автомобилей и грузовиков.

Я заметил, что на пеньке что-то блестит, и взял это.
Эта была какая-то холодная металлическая штуковина.
Я поднёс её к лицу, чтобы получше разглядеть,
и СРАЗУ понял, что это.

Это была ПРЯЖКА ОТ РЕМНЯ, и принадлежала она
МЭКЛИ МИНГО.

Это значило, что мы с Роули оказались в самом центре ЛАГЕРЯ Минго.

Жители нашего города много лет гадали о том, где
обитают Минго, а мы с Роули взяли и набрели на их
ШТАБ-КВАРТИРУ.

Я подумал, что нам ПОВЕЗЛО: ЗДЕСЬ, по крайней мере, никого нет. Но когда я повернулся, чтобы УЙТИ, что-то схватило меня за РУКУ.

Точнее, что-то схватило мистера Ням-Няма. Я был УВЕРЕН, что это Мэкли Минго и что он хочет УБИТЬ меня за то, что я дотронулся до его пряжки.

К счастью, я ОШИБСЯ. Это кукла зацепилась за ручку двери грузовика, и я стал тянуть её, пытаясь освободить.

В этот момент ИЗ ГРУЗОВИКА послышался шум. Я понял, что надо выбирать: или я спасаю СЕБЯ, или спасаю КУКЛУ. Я ни секунды не сомневался.

Мы с Роули дали дёру. Но когда лагерь Минго остался далеко позади, мы услышали шум, от которого у меня кровь застыла в жилах.

Я не знал, кто это: КОЗЛОНОГИЙ ЧЕЛОВЕК или РЕБЯТА МИНГО.

Я знал только одно: если мы ОСТАНОВИМСЯ, нам КОНЕЦ.

Я слышал крики за нашими спинами, они становились всё БЛИЖЕ. Казалось, что голоса звучат уже прямо НАД нами, но в этот момент мы выбежали из леса на поляну.

К счастью, папа был ВНИМАТЕЛЕН, а то мы с Роули УГОДИЛИ БЫ ПОД КОЛЁСА.

По крайней мере, всё произошло бы БЫСТРО. А вот если бы нас поймали МИНГО, то пришлось бы ДОЛГО мучиться.

<u>Пятница</u>

Проснувшись сегодня утром, я почувствовал, что у меня не осталось никаких СИЛ. Ноги были ватные оттого, что я столько бегал вчера, и я не выспался, потому что мне снился кошмар, в котором меня преследовали Минго.

Я собирался сказать маме, что не смогу пойти сегодня в школу, но выглянув в окно, я понял, что И ТАК туда не пойду.

За ночь выпало как минимум десять сантиметров снега, а это значило, что школа ЗАКРЫТА.

У меня впереди прекрасный, спокойный день НИЧЕГО-НЕДЕЛАНИЯ.

Родители уже ушли, а Мэнни был в детском саду. Когда на улице метель, Родрик обычно спит до часу дня, так что дом был фактически в МОЁМ распоряжении.

Я спустился вниз, чтобы взять миску хлопьев, и включил телевизор. Но с ПУЛЬТОМ что-то случилось.

Я почувствовал, что он стал немного ЛЕГЧЕ, и открыл крышечку на обратной стороне, чтобы посмотреть, все ли батарейки на месте.

БАТАРЕЕК внутри не оказалось, зато там была записка от МАМЫ.

Загрузи посуду в посудомоечную машину и получишь батарейки.

Я не горел желанием делать работу по дому в СНЕЖ-НЫЙ ДЕНЬ и начал искать в доме батарейки, которые можно было бы вставить в пульт. Но мама, должно быть, ПРЕДВИДЕЛА, что я буду это делать: запасных батареек НИГДЕ не было.

ДЗЭНЬК
ДЗЭНЬК

Я не мог понять, как мама узнает, что я загрузил посуду в посудомоечную машину: ведь её нет ДОМА. Но когда я положил в машину последнюю тарелку и закрыл дверцу, то кое-что нашёл.

Это была ещё одна ЗАПИСКА, а к ней скотчем была приклеена БАТАРЕЙКА.

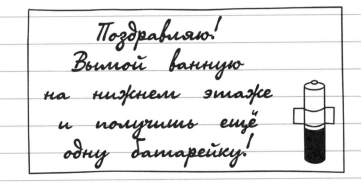

Поздравляю!
Вымой ванную
на нижнем этаже
и получишь ещё
одну батарейку!

Мне не нравилось такое развитие событий. В пульте от телевизора — ЧЕТЫРЕ батарейки, и если я пойду этим путём, то весь ДЕНЬ убью на выполнение домашних обязанностей.

Но потом я понял, что можно поступить ПО-ДРУГОМУ. У родителей в спальне есть ещё один пульт — он был УЗКИМ, и для него наверняка достаточно ОДНОЙ батарейки.

Я оказался ПРАВ. Я понимал, что должен закончить все домашние дела до возвращения родителей, но решил, что у меня ещё куча времени и я заслужил небольшую награду. Я устроился поудобнее на их кровати и включил телик.

Обычно я не лежу на кровати родителей, так как чувствую себя неловко, но сегодня я решил сделать исключение. ОСОБЕННО после того, как увидел, что одно из их одеял было тем самым одеялом, которое нам подарила на Рождество тётя Дороти.

Смотреть телевизор, лёжа в кровати, было очень ЗДОРОВО — по крайней мере, КАКОЕ-ТО время. ПЕРВЫЕ два часа всё было хорошо, а потом у меня начала болеть шея, оттого что я лежал в неудобном положении.

Я уже решил, что, когда куплю свой собственный дом, то прикреплю телевизор к ПОТОЛКУ, чтобы смотреть прямо НА него. Для его установки я найму людей, которые ЗНАЮТ своё дело: ведь я не хочу стать ещё одним Плоским Стэнли.

Должно быть, я задремал, потому что, когда раздался телефонный звонок, я вздрогнул. Это была МАМА, и я подумал, что она решила проверить, закончил ли я домашние дела.

Но оказалось, она звонит затем, чтобы сказать, что не успеет приехать домой вовремя и не сможет забрать Мэнни из детского сада, поэтому она попросит миссис Драммонд привезти Мэнни ДОМОЙ.

Это значит, что мне придётся СИДЕТЬ с ним и оставшийся день будет испорчен.

Через полчаса миссис Драммонд привезла Мэнни. Я не знал, что с ним ДЕЛАТЬ. Я отвёл Мэнни в комнату родителей и включил ему мультики, но он спустился вслед за мной на нижний этаж. Я думаю, Мэнни просто хотелось побыть со МНОЙ.

Я пытался вспомнить, что делал со мной Родрик, когда я был маленький. Но в памяти всплыл только один случай: когда он дал мне лимонный сок, и сказал, что это ГАЗИРОВКА.

ЭК-К-К

Потом я вспомнил игру, в которую играли мы с Родриком, — это была очень ВЕСЁЛАЯ игра. Мы представляли, будто пол залит ЛАВОЙ, и не должны были КАСАТЬСЯ его, используя для передвижения диванные подушки.

Мы с Родриком могли играть в эту игру ЧАСАМИ. Я подумал, что, если заинтересую Мэнни этой игрой, он будет сам себя развлекать, а я быстренько сделаю все домашние дела. Но когда я начал объяснять Мэнни, как ИГРАТЬ в эту игру, он до смерти перепугался.

Мэнни больше не хотел ходить по ПОЛУ. И это усложняло мне жизнь.

А ведь мне надо было сделать все домашние дела, иначе у меня будут неприятности, когда родители вернутся домой. Самое ГЛАВНОЕ было расчистить подъездную дорожку, которая вела к дому.

Я понимал, что Мэнни закатит истерику, если я оставлю его дома вместе с лавой, поэтому я натянул на него зимнюю экипировку, — это было непросто.

Я подумал, что Мэнни может поиграть на заднем дворе, пока я буду расчищать дорогу к дому: там он будет в безопасности, потому что задний двор обнесён забором.

ШЛЁП

Снег на дорожке был мокрый и тяжёлый, и работа продвигалась медленно. Через полчаса я решил сделать перерыв и пойти погреть руки в тёплой воде.

Уже в доме я подумал, что нужно заглянуть во двор и посмотреть, чем занимается Мэнни. Но Мэнни ИСЧЕЗ. Он построил из снега маленькую лесенку и сбежал.

К счастью, он не успел ДАЛЕКО уйти. Но теперь я знал, что не могу оставить его ОДНОГО.

Я взял Мэнни с собой на лужайку перед домом. Было уже поздно, а папа всегда СТРАШНО злится, когда возвращается с работы и видит, что дорога не расчищена.

Я начал убирать снег так быстро, как только мог. Мэнни тоже подключился.

Но снега было слишком много, а ВРЕМЕНИ слишком мало. Я уже хотел всё бросить, но тут появились девчонки из другого квартала и сказали, что могут расчистить нашу дорожку за десять баксов.

Эти девчонки были совсем ещё МАЛЕНЬКИЕ, и я не понимал, как им удастся справиться лучше нас с Мэнни. Но мы были рады любой помощи, и я согласился дать им ШАНС.

В ящике тумбочки, которая стоит у моей кровати, лежало пять долларов, ещё пять долларов я взял из большой банки с мелочью, которая стоит в комнате Мэнни. Но вот чего я не предусмотрел, когда заключал сделку с этими девчонками, так это того, что у них был СНЕГОУБОРЩИК.

Они расчистили дорогу за пять минут.

Это было похоже на грабёж средь бела дня, поэтому я заявил, что заплачу им только три бакса, а не десять.

Наверно, я был не ПЕРВЫЙ, кто пытался зажать их деньги. Они вернули снег ОБРАТНО на дорогу и ещё добавили к нему тот, что лежал на лужайке перед домом, чтобы проучить меня как следует.

Когда РОДИТЕЛИ приехали домой, дела обстояли намного хуже, чем В САМОМ НАЧАЛЕ.

После ужина родители до восьми вечера отчитывали меня за то, что я не выполнил свои домашние обязанности. К этому времени Родрик выбрался из кровати, чтобы начать новый день.

Суббота

В выходные я люблю поспать ПОДОЛЬШЕ, но этим
утром у мамы были для меня другие ПЛАНЫ.

Она сказала, что я должен провести НА УЛИЦЕ весь
день. Я сказал, что выйду в этот холод и снег после
того, как поиграю в видеоигры, но мама напомнила
мне о «выходных без экранов», и я понял, что спорить с ней бесполезно.

Когда мне было поменьше лет, я мог играть со снегом
ЧАСАМИ. А теперь мне уже через десять минут
хочется домой.

Послушать взрослых, так веселее игр со снегом ничего
нет. Но что-то я не вижу, чтобы ОНИ валялись в снегу.

Я помню, что зимой папа играл с нами на улице всего один раз. И ВСЁ закончилось в тот момент, когда Родрик насыпал ему снега на ШЕЮ.

Мама ВСЁ ВРЕМЯ выпроваживает нас, детей, на улицу, потому что, как она говорит, нам нужен витамин D, который можно получить только от солнца. Я говорю маме, что получаю очень МНОГО витамина D от солнца в видеоигре, но мои доводы на неё не действуют.

Когда я вышел сегодня на улицу, Мэнни уже был на лужайке перед домом и лепил снеговиков, или, лучше сказать, НЕ ПОЙМИ КОГО.

Мы никогда не убираем как следует лужайку осенью, и на ней остаётся листва. Мэнни собрал листья, которые мы не убрали, и украсил ими своих друзей, слепленных из снега.

Мэнни использовал почти весь снег, который был перед домом, и ЗАНЯТЬСЯ на улице мне было особо нечем. Я решил отправиться к Роули, и мне, конечно, пришлось пройти мимо дома ФРИГЛИ. Он был тут как тут, торчал на своей лужайке.

Я отправился к Роули потому, что пару дней назад его родители оборудовали в доме полы с подогревом. Когда становится холодно, я стараюсь проводить в его доме как можно БОЛЬШЕ времени.

Мама, должно быть, ДОГАДАЛАСЬ, что я пошёл к Роули: когда я добрался до его дома, он уже был на улице, потому что она позвонила его родителям.

Раз уж мы вынуждены гулять на холоде, я решил, что надо извлечь из этого максимум удовольствия. Поскольку я проделал огромную работу, поднимаясь на холм, я сказал Роули, что мы должны немного покататься на санках.

Снегоуборочная машина обычно приезжает поздним утром, поэтому до того, как расчистят улицу, нам удастся прокатиться как следует всего несколько раз. Но у водителя, который обычно приезжает, был ОТПУСК, и ребята с вершины холма сказали подменявшему его парню, что Суррей-стрит находится в трёх километрах отсюда. Это помогло нам выиграть время.

Вообще-то я думаю, что в этом нет ничего хорошего — дурачить тех, кто кого-то заменяет: ведь это
ВСЕГДА выходит тебе боком. В прошлом году у нас
долго вёл алгебру другой учитель. В первый же день
мы с ребятами поменялись местами, потому что знали: он будет подглядывать в табличку, в которой указа-
но, кто где сидит.

Должен вам сказать, мы просто умирали со смеху, когда каждый день он называл нас не теми именами. Но когда один парень, который выдавал себя за МЕНЯ, начал БЕЗОБРАЗНИЧАТЬ, мне стало не до смеха.

Когда вернулась НАСТОЯЩАЯ учительница, дядька, который её заменял, накатал ей жалобу на ФАЛЬШИВОГО Грега Хэффли, и МНЕ пришлось две недели отбывать наказание.

У Роули только одни санки, и в них едва хватает места для двух человек. Мы с трудом втиснулись в них и приготовились спуститься вниз, но вес был слишком большой, и поэтому нам не удалось как следует разогнаться.

Мы остановились, чуть-чуть не доехав до конца. Наверно, это было к ЛУЧШЕМУ: ведь на ребят, которые проделали весь путь, напали парни с Нижней Суррей-стрит, когда те пересекли границу их территории.

Ни к чему хорошему это бы ни привело, но парень, который заменял водителя снегоуборочной машины, наконец разобрался, где находится Суррей-стрит, и положил ВСЕМУ конец.

Тут я подумал, что мы уже довольно долго гуляем, так что мы попытались попасть в дом. Но мама заперла дверь на замок, и я понял, что она не шутит.

Поскольку мы больше не могли КАТАТЬСЯ НА САН-КАХ, нам надо было придумать себе какое-нибудь ДРУГОЕ занятие. Чтобы решить, что делать ДАЛЬШЕ, мы с Роули отправились на пустырь, который находится через несколько домов от моего дома.

Я подумал: раз уж мы должны находиться на свежем воздухе, то, по крайней мере, нам должно быть ТЕПЛО. В школе нам показывали фильм о людях, которые живут в Арктике. Чтобы выжить в мороз, они строят ИГЛУ, и я подумал, что нам тоже нужно попробовать.

Мы сделали из снега кирпичи и начали укладывать их так, как делали люди в фильме. Вначале нам было трудно, но потом мы ПРИНОРОВИЛИСЬ. Самое главное было правильно установить купол, чтобы он не ОБРУШИЛСЯ.

Мы были очень аккуратны и всё как следует закрепили. Но когда мы положили наверх последний кирпичик, то поняли, что забыли сделать ДВЕРЬ.

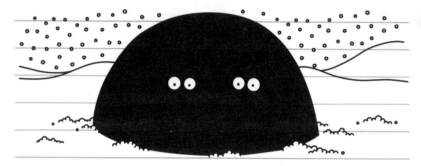

Роули начал тяжело дышать, и я понял: если я что-нибудь не ПРИДУМАЮ, он втянет в себя весь кислород. Я выбрался на крышу и сделал большой глоток свежего воздуха.

Несколько ребят из нашего квартала видели, как мы строили наше иглу, и, когда я высунул голову, они, должно быть, сообразили, что я – лёгкая мишень.

Когда у этих идиотов закончились снежки, они стали карабкаться на наше иглу. Оно не было рассчитано на то, чтобы
выдержать дополнительный вес, и рухнуло через пару секунд.

Нам с Роули повезло, что мы сумели выбраться оттуда
ЦЕЛЫМИ и НЕВРЕДИМЫМИ. Как только мы вылезли
из-под разрушенного иглу, я решил, что на сегодня раз-
влечений хватит. Мы отправились домой, и в этот раз
мама нас ВПУСТИЛА.

Я рассказал маме о том, что произошло на пустыре,
и попросил *её* срочно пойти туда и наорать на этих
идиотов, которые нас обидели.

Но мама сказала, что если мы хотим повзрослеть,
то должны научиться улаживать «конфликты» и что
нам САМИМ нужно с этим разобраться. Мне ЭТО
не понравилось. Я считаю, что родители для ТОГО
и существуют, чтобы решать ЗА тебя твои проблемы.

Папа, который был в другой комнате, услышал наш
разговор и занял СОВЕРШЕННО другую позицию.
Он сказал, что ребята из нашего квартала только что
объявили нам с Роули ВОЙНУ и если мы не ПОСТО-
ИМ за себя, то они будут думать, что могут нападать
на нас, когда ЗАХОТЯТ.

Папа сказал, что, когда ОН был маленький, его квартал превращался в ПОЛЕ БИТВЫ каждый раз, когда выпадал снег. Ребята строили огромные снежные крепости и устраивали грандиозные снежные битвы, и каждый принадлежал к какому-нибудь «клану».

Папа сказал, что у каждого клана был ФЛАГ и когда ты захватывал чью-нибудь крепость, то устанавливал на ней свой флаг, чтобы все знали, что теперь это твоя территория.

Роули решил, что НАМ обязательно надо создать клан, а ещё ему очень понравилась идея с ФЛАГАМИ. Мне казалось, что это ИДИОТИЗМ, но если изготовление флага могло послужить предлогом, чтобы остаться ДОМА, то я был только за.

В комнате для стирки белья мы нашли старую наволочку, а из тумбы с разным хламом, которая стоит на кухне, взяли несколько маркеров. Первым делом нужно было придумать НАЗВАНИЕ нашему клану.

Роули сказал, что хочет, чтобы мы назывались «Пуффендуй», но я сказал, что если нам так нужно название, то оно должно быть ОРИГИНАЛЬНЫМ.

Мы начали спорить по поводу названия, и через какое-то время я понял, что мы никогда не договоримся. Поэтому мы перешли к обсуждению, КАКИМ должен быть наш флаг.

Роули хотел, чтобы нашим символом был ВОЛК, а я хотел, чтобы это было что-нибудь пострашнее и чтобы ЭТИМ можно было бы отпугнуть всех ребят. Я считал, что окровавленный боевой топор будет в самый раз, но Роули, понятное дело, не понравилась моя идея. В итоге мы пришли к компромиссу, взяв и ТО и ДРУГОЕ.

Но когда ты рисуешь волка, а рядом с ним — топор, то получается убитый волк, а этим НИКОГО не напугаешь.

Мы решили начать всё сначала и сделать новый флаг. Я нашёл ещё одну наволочку, но тут пришла мама и велела нам отправляться на улицу. Мы натянули нашу зимнюю экипировку и побрели к пустырю.

Ребята, которые разрушили наше иглу, переключились на другие дела, и пустырь был в нашем полном распоряжении. Мы использовали снег, оставшийся от иглу, как фундамент и соорудили крепость, которая могла бы выдержать штурм.

После того как мы всё закончили, мы укрепили на стене флаг и стали ЖДАТЬ.

Я предполагал, что наша крепость привлечёт внимание, но я даже подумать не мог, что его будет СТОЛЬКО. Через пару минут к нам уже со всех СТОРОН бежали ребята.

У нас не было НИКАКОГО оружия, и, когда ребята бросились штурмовать нашу крепость, нам пришлось её ОСТАВИТЬ.

172

БАЦ

ШЛЁП

Вернувшись домой, мы рассказали папе о том, что произошло. Когда мы описали ему нашу крепость, он сказал, что мы всё сделали НЕПРАВИЛЬНО.

Он сказал, что крепость надо было строить на ВОЗ-ВЫШЕНИИ, чтобы можно было отбиться от врагов.

После этого папа прочитал нам длинную лекцию об обороне замков и о всех тех вещах, которые делали люди в Средние века, чтобы защитить себя.

То, что они делали в те далёкие времена, было очень ЖЕСТОКО. Взять хотя бы один пример. Когда захватчики пытались забраться на стену замка, люди, которые находились внутри, выливали на них кипящее МАСЛО.

Я надеюсь, что в нашем квартале до этого не дойдёт. Но сегодня вечером я всё-таки добавил один пункт к маминому списку продуктов — вдруг ПРИГОДИТСЯ.

Список покупок	
Яйца	Горох
Молоко	Груши
Кетчуп	Батарейки
Хлеб	
Соленья	Масло

<u>Воскресенье</u>

Должно быть, за ночь выпало ещё сантиметров десять снега. Проснувшись, я увидел, что всю улицу ЗАМЕЛО. Я даже не мог понять, где кончается наш ДВОР и начинается ДОРОГА.

Я очень удивился, что снегоуборочная машина до сих пор не приехала: ведь когда выпадает СТОЛЬКО снега, люди даже не могут выехать со своих дворов. Я узнал, что случилось, когда папа вернулся с прогулки.

Папа рассказал, что снегоуборочная машина пыталась подняться на холм, но ЗАСТРЯЛА. Ребята из нашего квартала начали обстреливать снежками водителя, и он убежал, оставив машину посреди улицы.

Это означало, что мы можем кататься на санках весь ДЕНЬ, если захотим. Но катание на санках — это для ДЕТЕЙ, а у меня были ДРУГИЕ планы.

Я не спал всю ночь, листая папины книги, чтобы как можно больше узнать об обороне замков и военных стратегиях. К утру я был ГОТОВ.

Я хотел, чтобы мы с Роули поскорее принялись за строительство крепости, но понимал, что как только мы возведём СТЕНЫ, тут же окажемся под ПРИЦЕЛОМ. Мы сможем отбиться только в том случае, если у нас будет ОРУЖИЕ.

Я подумал, что мы могли бы закупить у Митчелла Пикетта готовые снежки, так что мы отправились в его сарай, который был открыт для торговли. Я думаю, что прошлой зимой дела у Митчелла шли неплохо, и в ЭТОМ году он РАСШИРИЛ свой ассортимент.

Денег, которые я взял у Мэнни из банки с мелочью, должно было хватить на три дюжины снежков, но теперь, когда я увидел ДРУГИЕ товары, я оказался перед трудным выбором.

Спецснежки выглядели как самые обычные снежки, и я спросил у Митчелла, почему они стоят в пять раз дороже. Он ответил, что внутри этих снежков — ЖИ-ЖА. Даже не спрашивайте меня, как ему ЭТО удалось.

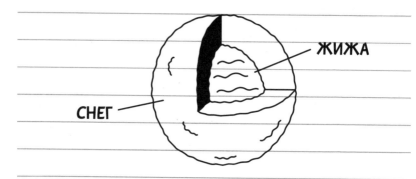

В итоге мы купили две дюжины снежков и ещё пращу для снежков. Я подумал, что её можно будет использовать, если понадобится запулить в кого-нибудь с большого расстояния.

Жаль, что я не принёс всю банку с мелочью: ведь у Митчелла была ещё катапульта для снежков, которая, судя по её виду, ДЕЙСТВИТЕЛЬНО могла нанести серьёзный урон.

Придётся купить её в другой раз. Мы положили наши покупки на мои санки и отправились на пустырь.

Но когда мы подошли к пустырю, мы увидели такое, что у нас случился ШОК. Там было ПОЛНО снежных крепостей, и в каждой крепости сидели ребята.

Эти ребята повторили всё за нами — вплоть до ФЛА-ГОВ! На флаге сестёр Марли было изображено копьё, а на флаге Эвелин Тримбл — летучая мышь. На флаге близнецов Гарза был нарисован двуглавый огр, который смотрелся очень классно.

Были флаги и ТАК СЕБЕ. У отца Маркуса Маркони была закусочная в центре города, она закрылась, и Маркус взял флаг, который висел при входе в ресторан.

Я хотел подойти поближе, чтобы посмотреть, кто ЕЩЁ построил крепость, но как только мы приблизились к пустырю, Эрнесто, Габриэль и куча ДРУГИХ ребят открыли по нам ОГОНЬ.

Пустырь был забит до отказа, и я понимал, что нам НИ ЗА ЧТО не удастся построить здесь снежную крепость. Единственное, что мы могли сделать, — это захватить ЧУЖУЮ.

Я принёс из гаража старый бинокль, чтобы мы могли наблюдать за обстановкой, не подходя слишком БЛИЗКО.

За те пять минут, что нас не было, ситуация НАКАЛИ-ЛАСЬ. Габриэль и Эрнесто воевали с сёстрами Марли, а кучка ребят, которые учатся дома, сражались с близнецами Гарза.

Эмилия Гринвол и Эвелин Тримбл объединились, чтобы дать отпор Энтони Денарду и Шелдону Рейзу, а между Бац-и-Шишкой и Латрисией Хукс шёл РУКО-ПАШНЫЙ бой.

Но всё моё внимание было направлено на другое. Я выискивал УЯЗВИМУЮ крепость и наконец НАШЁЛ такую. Ребята из двухквартирного дома построили надёжную крепость, но они, как всегда, выясняли отношения.

Я подумал, что в конце концов они устанут, потеряв в драке все свои силы, и, когда это ПРОИЗОЙДЁТ, мы с Роули пойдём на ШТУРМ. Мы подкрались ближе и стали ждать подходящего момента.

Но тут я заметил ещё одну крепость, в которой НИКОГО не было. Эта одинокая крепость стояла на высоком сугробе. Я вспомнил слова папы, что крепость надо строить на ВОЗВЫШЕНИИ, а место, где стояла эта крепость, было просто ИДЕАЛЬНЫМ.

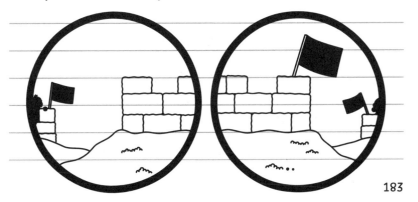

Я не знал, зачем кто-то, построив крепость, ОСТАВИЛ её, но понимал, что это наш шанс. Мы осторожно обошли вокруг крепости и перелезли через заднюю стену.

Оказалось, что крепость НЕ пустует. Она принадлежала МАЛЫШУ ГИБСОНУ. Он сидел внутри, а рядом лежали запасы снежков.

Не успели мы очутиться в крепости, как тут же попали под ОБСТРЕЛ.

Ребята, которые учатся дома, должно быть, тоже знали, что лучшие крепости — те, что на возвышении, и им захотелось ЗАПОЛУЧИТЬ эту крепость. Но когда они начали штурмовать сугроб, мы дали им отпор. В этом участвовал даже Малыш Гибсон.

Ребята стягивались со всех сторон, и обороняться становилось всё трудней и трудней.

Парни из двухквартирного дома разделились на две группы и атаковали нас И слева И справа, а Эрнесто и Габриэль обстреливали нас из катапульты, сидя в СВОЕЙ крепости.

Пока мы пытались со всем ЭТИМ справиться, какой-то малец из детского клуба миссис Хименес прорыл под нашей крепостью тоннель и застал нас ВРАСПЛОХ.

Прежде чем мы успели что-то понять, нашу крепость наводнили ДОШКОЛЯТА. А в придачу ко всему на нас с тыла напали сёстры Марли. Это было ужасно: ведь эти девчонки целились в ГЛАЗА.

Нас с Роули выбили из крепости, и мы оказались на поле сражения, где творился настоящий КОШМАР. Все воевали ДРУГ С ДРУГОМ, все правила были ЗАБЫТЫ.

Потом кое-что произошло, и это заставило всех ОСТА-НОВИТЬСЯ. Джо О'Рурк получил удар в рот ледяным снежком и потерял два ЗУБА.

В нашем квартале ледяные снежки во время снежных боёв «забанены». И если кто-то переходит границу, все понимают, что дело зашло слишком далеко.

Представители от каждого клана собрались в центре пустыря, чтобы договориться о ПРАВИЛАХ.

Все сошлись на том, что ледяные снежки — это недопустимо, так же как и жёлтый снег. Мы придумали ещё кучу НОВЫХ правил — например, что нельзя набивать шапку снегом, а потом надевать *её* человеку на голову.

Когда мы обо *всём* договорились, мы почувствовали, что готовы к следующему раунду.

Но пока мы занимались всей этой БОЛТОВНЁЙ, мы не заметили, что ЗА нашими спинами кое-что происходит.

Ребята с Нижней Суррей-стрит подкрались с санками к вершине нашего холма, и теперь мы уже ничего не могли сделать, чтобы их ОСТАНОВИТЬ.

Если есть ЧТО-ТО, что может объединить нас, ребят с холма, так это ситуация, когда ребята, живущие под холмом, пытаются захватить то, что принадлежит НАМ. У нас есть не так уж много, но зато у нас есть наш ХОЛМ, и мы никому не собираемся его отдавать.

Поскольку снегоуборочная машина застряла, мы понимали, что этих ребят будет всё БОЛЬШЕ и БОЛЬШЕ.

Мы решили ПОЛОЖИТЬ этому КОНЕЦ.

Был только один способ помешать ребятам с Нижней Суррей-стрит вернуться на холм: построить СТЕНУ, чтобы преградить им путь. Мы не собирались строить ерундовую стену, которую они легко могли бы снести. Мы собирались построить что-нибудь КАПИТАЛЬНОЕ.

Но строить стену надо было БЫСТРО; ведь эти ребята уже забирались на холм со своими санками. Мы притащили контейнеры для мусора, которые стояли возле соседних домов, и принялись за СТРОИТЕЛЬСТВО.

Мы соорудили ДВОЙНУЮ стену: если кто-нибудь пробьёт первую преграду, на пути у них встанет ВТОРАЯ. А кроме того, мы заготовили целую ТОННУ снежков.

Нам негде было раздобыть кипящее масло, поэтому я велел Роули сходить домой и принести несколько термосов с горячим шоколадом.

Ребята, которые учатся дома, набрали сосулек и воткну-ли их в стену. А парни из двухквартирного дома расста-вили снеговиков вдоль стены, чтобы создать впечатление, что нас гораздо больше, чем БЫЛО на самом деле.

Когда ребята с Нижней Суррей-стрит ВЕРНУЛИСЬ, мы были ГОТОВЫ их встретить.

Увидев нашу СТЕНУ, эти ребята не знали, что ДЕЛАТЬ.

Когда они подошли БЛИЖЕ, мы начали бросать в них всё, что у нас было.

У этих ребят не было ни малейшего ШАНСА. Мы обратили их в бегство и начали праздновать победу.

Но мы слишком РАНО начали праздновать. Через десять минут ребята с Нижней Суррей-стрит ВЕРНУЛИСЬ.

На этот раз они были вооружены до ЗУБОВ.

РАЗ-ДВА РАЗ-ДВА РАЗ-ДВА

У многих из них был спортивный инвентарь, чтобы защищаться от наших снежков. Когда кто-то из них метнул КЛЮШКУ, я понял, что сражение будет тяжёлым.

ЧПОК

Но у НАС всё-таки была СТЕНА, и она стояла на возвышении.

Так что мы снова начали забрасывать ребят снежками.

Нам удавалось сдерживать их какое-то время, но эти ребята припасли кое-что в рукаве. Они начали швырять в нас спецснежки — мы были к этому СОВЕРШЕННО не готовы.

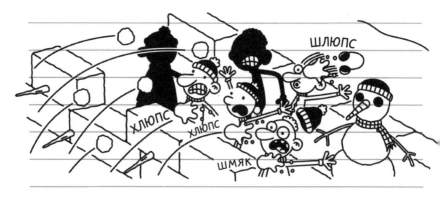

Если у ребят с Нижней Суррей-стрит оказались спецснежки, значит, Митчелл Пикетт работал на два ЛАГЕРЯ.

Мы решили, что разберёмся с ним ПОТОМ, а сейчас у нас возникла НОВАЯ проблема.

Как оказалось, спецснежки использовались лишь для того, чтобы отвлечь наше внимание от подготовки ЕЩЁ ОДНОЙ атаки, — она развивалась СТРЕМИТЕЛЬНО.

Мы принялись забрасывать снежками ребят, которые несли лестницы, но не успели оглянуться, как они прислонили лестницы к стене и начали карабкаться ВВЕРХ.

В этот самый момент наконец подоспел Роули с горячим шоколадом.

Мы опрокинули термосы, чтобы облить ребят, которые карабкались на стену. К несчастью, Роули забыл добавить в шоколад горячую ВОДУ, и мы только РАЗОЗЛИЛИ их.

Я подумал, что эти ребята возьмут нашу стену с минуты на минуту. Но Латрисия Хукс и Бац-и-Шишка спасли положение: они вылили на них ЖИЖУ из мусорных баков.

Праздновать было некогда: ребята с Нижней Суррей-стрит снова пошли в атаку.

Половина футбольной команды пятиклассников живёт под холмом. Они попытались разрушить нашу стену, применив грубую СИЛУ.

Но стена УСТОЯЛА, а парни совершенно выдохлись.

К этому моменту уже ВСЕ чувствовали усталость. Выглянуло солнце, и начало ПРИПЕКАТЬ. Я ругал себя за то, что надел термобельё, — я просто СГОРАЛ под всеми этими слоями.

Ребята с Нижней Суррей-стрит продолжали атаковать нас, а мы продолжали ОТБИВАТЬСЯ. Через какое-то время НИ У КОГО уже не осталось сил продолжать борьбу.

Вражеская команда наконец повернулась и пошла домой. Сначала мы подумали, что это означает, что мы ПОБЕДИЛИ. Но эти ребята не собирались сдаваться. Они отправились ПОДКРЕПИТЬСЯ.

Было время ланча, и ребята из-под холма вернулись с сэндвичами и снеками.

Некоторые из них начали передавать друг другу ПАКЕТИКИ С СОКОМ — на это нельзя было спокойно смотреть.

Все, кто был на стене, умирали от жажды. Становилось всё ЖАРЧЕ.

Некоторые ребята начали сосать СНЕЖКИ, чтобы
избежать обезвоживания. Они уничтожили половину
наших запасов, прежде чем мы заметили,
что происходит.

Мы провели учёт того, что у нас осталось, и поняли,
что этого не хватит, чтобы отразить серьёзную атаку.
Мы разделили оставшиеся снежки на три кучки
и велели Энтони Денарду охранять их.

Мы всё ждали и ждали, когда ребята с Нижней
Суррей-стрит начнут следующую атаку, но так
и не дождались. Ничего не происходило.

Через какое-то время мы поняли, что их стратегия заключалась в том, чтобы взять нас ИЗМОРОМ и захватить нашу стену без боя.

Первис Джентри был первым из нашего лагеря, у кого сдали нервы. Утром он не ПОЗАВТРАКАЛ и, увидев корочки от сэндвичей, которые валялись на земле, СЛЕТЕЛ С КАТУШЕК.

Он перебрался через стену и побежал вниз по холму — больше мы его не видели.

ОСТАЛЬНЫЕ ребята с холма держались. Прошло три ЧАСА, но ребята с Нижней Суррей-стрит не СДАВАЛИСЬ.

Судя по всему, они готовились расположиться на НОЧЛЕГ.

Некоторые из них протянули к своим домам удлините-
ли, и теперь у них было ЭЛЕКТРИЧЕСТВО. С того
места, где МЫ находились, мы могли видеть мерцание
экранов их телевизоров.

На стене ситуация ухудшалась с каждой минутой.
Многие ребята, которые были помладше, устали и про-
голодались и хотели вернуться ДОМОЙ. Я не мог их
винить: ведь было ВРЕМЯ УЖИНА.

Джейкоб Хофф сказал, что в шесть часов у него урок
игры на кларнете и если он пропустит его, родители
страшно рассердятся. Мы все хорошо его понимали.

Дом Джейкоба находился всего через несколько домов от нас, и мы сказали, что, если он решится бежать, мы его ПРИКРОЕМ. Он пообещал, что, как только урок игры на кларнете закончится, он вернётся обратно с батончиками мюсли и фруктовыми жевательными конфетами, которыми набьёт карманы своей куртки.

Мы очень обрадовались и помогли Джейкобу перелезть через стену. Как только он оказался на той стороне, ребята с Нижней Суррей-стрит тут же открыли по нему огонь. Мы открыли ОТВЕТНЫЙ огонь, и Джейкоб благополучно добрался до дома.

Как оказалось, мы зря старались. Урок игры на кларнете был всего лишь предлогом, чтобы отправиться домой. Когда мы увидели Джейкоба в окне спальни, то поняли, что он не вернётся и СНЕКИ нам не принесёт.

После этого мы совершенно ПАЛИ ДУХОМ. Некоторые плакали, и я понимал, что долго мы не продержимся.

Ребята с Нижней Суррей-стрит, должно быть, поняли, что мы у них в руках, и начали забрасывать нашу крепость бумажными самолётиками, на которых было что-то НАПИСАНО.

У некоторых ребят не выдержали нервы. Сломался даже Малыш Гибсон. Теперь мы знаем, что он умеет ЧИТАТЬ.

Через несколько минут мы увидели, что к нам направляется какой-то парень, перебегая от дома к дому. Мы хотели забросать его снежками.

Но кто-то УЗНАЛ этого парня, и мы решили не открывать по нему огонь. Это был ТРЕВОР НИКС, он когда-то жил на холме.

Тревор задыхался и не мог произнести ни слова. Мы помогли ему залезть на стену и стали ждать, когда он успокоится.

Отдышавшись, Тревор рассказал нам, что происходит. Он сказал, что ребята с Нижней Суррей-стрит держали его в ПЛЕНУ, но ему удалось БЕЖАТЬ.

Тревор сказал, что эти ребята замышляют что-то очень ПЛОХОЕ и он хочет предупредить нас, пока ещё не ПОЗДНО.

Он сказал, что ребята с Нижней Суррей-стрит делают ОГРОМНЫЕ запасы снежков и планируют начать масштабную атаку, как только стемнеет. Но это было не самое ПЛОХОЕ.

Эти ребята заготавливают снежки во дворе у ГУЗМА-
НОВ, а там есть СОБАКИ. Значит, они используют
ЖЁЛТЫЙ СНЕГ и фиг знает что ЕЩЁ.

Мы очень разозлились, когда узнали, что замышляют
парни с Нижней Суррей-стрит. Мы были рады,
что Тревор нас предупредил. Мы сказали, что отныне
он может кататься на санках по нашему холму
в ЛЮБОЕ время.

Мы решили, что не можем сидеть сложа руки
и ждать нападения, и начали разрабатывать ПЛАН.
Одна группа ребят незаметно спустится с холма
и ВНЕЗАПНО нападёт на ребят, которые заготавливают
снежки во дворе у Гузманов. А ДРУГАЯ группа оста-
нется в крепости и будет её оборонять. Мы палкой
начертили на снегу план, чтобы убедиться, что все
всё поняли.

АТАКУЮЩАЯ
КОМАНДА

СТЕНА

ДВОР
ГУЗМАНОВ

Нам с Роули хотелось ДЕЙСТВОВАТЬ, и мы примкнули
к команде, которая готовила внезапное нападение.
Ребята из нашей группы погрузили на санки все снежки, какие у нас ещё оставались, мы осторожно перелезли через заднюю стену и, прячась за домами,
начали пробираться вперёд.

Было уже довольно темно, и мы понимали, что эти ребята не заметят нашего приближения.

Когда мы добрались до заднего двора дома Гузманов, мы остановились, чтобы оценить обстановку. Как нам и сказали, во дворе находилась большая группа ребят, они лепили снежки за каменной стеной.

Малыш Гибсон подал сигнал, и мы рванули в атаку.

ВЖИК

Но эти парни даже не ВЗДРОГНУЛИ от наших ударов.
И когда мы подобрались поближе, мы поняли,
что нас ПРОВЕЛИ.

Чтобы разделить нас, ребята с Нижней Суррей-стрит
сделали МУЛЯЖИ, а это означало, что ТРЕВОР НИКС
нас надул. Мы бросились обратно к стене, но было
уже ПОЗДНО.

От стены остались одни РУИНЫ, а боеприпасы у нас кончились. Мы, ребята с холма, оказались в отчаянном положении, но тут кое-что произошло, и у нас появилась НАДЕЖДА.

На холм, по направлению к нам, поднималась группа ребят. Когда они приблизились, я понял, что это ПАТРУЛЬ ПО ПОДДЕРЖАНИЮ ПОРЯДКА. Я подумал, что они пришли сюда, чтобы СПАСТИ нас.

Но они не собирались НИКОМУ помогать. Они пришли МСТИТЬ.

Патруль не имеет права бросать снежки, но сегодня было ВОСКРЕСЕНЬЕ. А это значило, что они могли делать что ХОТЯТ.

Половина девчонок, которые состоят в патруле, занимаются СОФТБОЛОМ, и те, кто утверждают, что девчонки бьют не больно, сами не знают, о чём ГОВОРЯТ.

Теперь сражение шло между ребятами с Суррей-стрит
и патрулём по поддержанию порядка. Нас было
в два раза больше. Но через какое-то время половина
девчонок с нашей улицы переметнулись на другую
СТОРОНУ, и это сбило нас с толку.

Когда сражение было в самом разгаре, с ВЕРШИНЫ холма
спустилась ещё ОДНА группа. Это были ребята с УИРЛИ-
СТРИТ, которым, видимо, надоело их поле для гольфа,
и они пришли на нашу улицу кататься на санках. В драку
ввязались ещё и ОНИ, и началась БОЛЬШАЯ СВАЛКА.

Казалось, что ничего более КОШМАРНОГО случиться уже не может, но тут воздух прорезал жуткий звук. Все замерли, пытаясь понять, что это БЫЛО. Среди тех, кто был на улице, это ЗНАЛИ только мы с Роули.

Через несколько минут из леса начали выползать МИНГО. Вид у них был такой, как будто они только что проснулись после трёхмесячной СПЯЧКИ.

Последним появился МЭКЛИ. Он что-то нёс на ПАЛКЕ, и я сначала не разобрал что именно. Но когда он подошёл ПОБЛИЖЕ, я понял, что это МИСТЕР НЯМ-НЯМ.

Мэкли был без РЕМНЯ, и это показалось мне странным. В этот момент я кое о чём вспомнил. Я сунул руку в карман куртки и вытащил оттуда холодную металлическую штуковину.

Когда мы с Роули были в лагере Минго, я, должно быть, МАШИНАЛЬНО сунул пряжку от ремня в карман. У меня началась паника: значит, Мэкли Минго пришёл за МНОЙ!

Но если есть кто-то, кого дети из моего города ненавидят больше, чем ДРУГ ДРУГА, то это МИНГО. Когда Минго бросились в атаку, все повернулись, чтобы ДАТЬ им ОТПОР.

Все, кроме МЕНЯ. Я решил, что с меня ХВАТИТ.

Пока Минго надвигались на нас, я искал надёжное место, где можно было бы СПРЯТАТЬСЯ.

В стене была большая трещина, и я нырнул туда. Роули нырнул следом за мной. Рядом с нами кипел бой, и я подумал, что ЖИВЫМ нам уже не выбраться.

Роули тоже думал, что нам не выбраться. Он сказал, что, если я останусь в живых, а он НЕТ, я могу взять все его видеоигры.

Я стал хлопать себя по карманам, проверяя, нет ли у меня с собой ручки, чтобы Роули это ЗАПИСАЛ, но у меня была только эта дурацкая пряжка от ремня.

Хотя это было уже не важно: через пять секунд за-
дрожала земля, и мы решили, что началось ЗЕМЛЕ-
ТРЯСЕНИЕ.

Я подумал, что мы будем погребены ЗАЖИВО, и единственное, что пришло мне в голову в тот момент, —
это что мы попадём в МУЗЕЙ, когда нас откопают
через пару тысяч лет.

Но земля вдруг перестала трястись, и через пару секунд мы высунулись из нашего укрытия, чтобы посмотреть, что происходит.

Снегоуборочная машина ехала по нашей улице, сметая всё на своём пути. Я не знаю, действительно водитель машины не ВИДЕЛ ребят или ему просто было на них НАПЛЕВАТЬ.

Снег начал быстро таять, превращаясь в ЖИЖУ. Когда снегоуборочная машина уехала с нашей улицы, всё сразу СТИХЛО.

Самым неожиданным стало то, что теперь, когда улицу расчистили, нам больше не за что было БОРОТЬСЯ. Ребята собирали себя в кучку и расходились по ДОМАМ. Даже Минго убрались туда, откуда пришли.

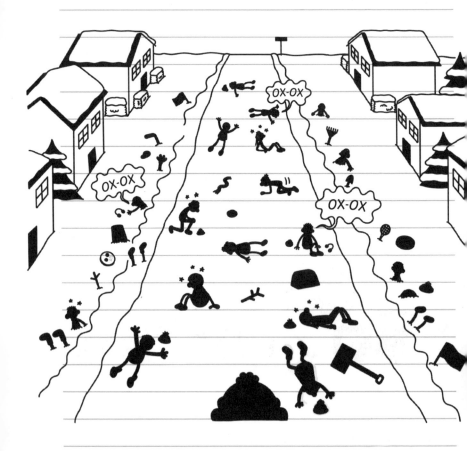

Честно говоря, я даже не мог вспомнить, из-за чего НАЧАЛСЯ этот бой.

Пятница

Мы ходим в школу уже неделю, за это время СИЛЬ-
НО потеплело. Не то чтобы я проклинаю такую погоду
или типа того, но, мне кажется, эти холода были,
возможно, последними в нашей жизни.

Именно поэтому я больше не переживаю за ПОРО-
СЁНКА. Он, наверно, уже там, где тепло, — получает
удовольствие от жизни.

В нашем квартале ещё осталось немного снега, и Митчелл Пикетт радостно гоняет на снегомобиле, который
он купил на деньги, заработанные этой зимой.

Те, кто говорят, что на войне нельзя НАЖИТЬСЯ, должны ЕЩЁ РАЗ как следует подумать.

Митчелл не ЕДИНСТВЕННЫЙ, кто оказался в выигрыше. Каждый день после уроков Тревор Никс играет под холмом в хоккей вместе с ребятами с Нижней Суррей-стрит. Так что тот, кто становится ПРЕДАТЕЛЕМ, тоже получает свой куш.

Но я не жалуюсь. Я просто радуюсь, что пережил эту зиму и что меня не УБИЛИ.

Я понял про себя одну вещь: я совсем не ГЕРОЙ. Поверьте, я рад, что люди геройского типа существуют, но миру нужны и парни вроде МЕНЯ.

Ведь если человечество просуществует ещё около 500 миллионов лет, то только благодаря таким парням, как Грег Хэффли, которые всегда найдут способ ВЫЖИТЬ.

БЛАГОДАРНОСТИ

Спасибо всем сотрудникам издательства «Абрамс». Отдельное спасибо Чарли Кочману, который делает каждую новую книгу ещё лучше. Огромное спасибо Майклу Джейкобсу, Эндрю Смиту, Чаду У. Бекерману, Лиз Фитиан, Хейли Паттерсон, Стиву Тагеру, Мелани Чанг, Мэри О`Мара, Элисон Джейверс и Элизе Гарсия. Также спасибо Сьюзан Ван Метр и Стиву Роману.

Спасибо потрясающей команде «Слабака»: Шейлин Джермейн, Анне Чезаре и Ванессе Жедрей. Спасибо Деб Сандин и сотрудникам An Unlikely Story. Спасибо Ричу Карру и Андреа Люси за их поддержку и дружбу. Спасибо Полу Сеннотту за его помощь. Спасибо Сильви Рабино и Киту Флиеру за всё, что они для меня делают.

Спасибо Джессу Бральеру за его наставничество и за то, что помог мне начать карьеру писателя.

ОБ АВТОРЕ

Джефф Кинни — автор мирового бестселлера по версии New York Times и шестикратный обладатель премии Kids`Choice Awards в номинации «Самая любимая книга». Джефф включён журналом Time в список ста самых влиятельных людей мира. Он провёл своё детство в Вашингтоне, округ Колумбия, а затем переехал в Новую Англию, где они с женой сейчас владеют книжным магазином An Unlikely Story.